잊혀진
여섯 개의
세상

SIX
FORGOTTEN
WORLDS

잊혀진 여섯 개의 세상

SIX
FORGOTTEN
WORLDS

초판 1쇄 발행 2023. 6. 28.

지은이 유진서
펴낸이 김병호
펴낸곳 주식회사 바른북스

편집진행 안선미
디자인 최유리

등록 2019년 4월 3일 제2019-000040호
주소 서울시 성동구 연무장5길 9-16, 301호 (성수동2가, 블루스톤타워)
대표전화 070-7857-9719 | **경영지원** 02-3409-9719 | **팩스** 070-7610-9820

•바른북스는 여러분의 다양한 아이디어와 원고 투고를 설레는 마음으로 기다리고 있습니다.

이메일 barunbooks21@naver.com | **원고투고** barunbooks21@naver.com
홈페이지 www.barunbooks.com | **공식 블로그** blog.naver.com/barunbooks7
공식 포스트 post.naver.com/barunbooks7 | **페이스북** facebook.com/barunbooks7

ⓒ 유진서, 2023
ISBN 979-11-93127-48-3 03810

잊혀진
여섯 개의
세상

SIX
FORGOTTEN
WORLDS

유진서 소설

"모두가 평등한 일곱 번째 세상을 위해"

소설의 스토리텔링을 트윈모션으로 제작한 배경과
메타휴먼을 버추얼 프로덕션 방식으로 촬영한 최초의 시도

바른북스

목차

1.

세계
이동자

공사를 멈춘, 그러나 잔재가 남아 있는 공사장의 2층에 앉아 있으면 답답하고 좁은 회색 벽이 보였다. 나는 완벽하게 혼자였다. 무너진 건물들과 방치된 잔해물 사이에서 이 공사장을 찾는 건 쉽지 않았다. 지금까지 누구에게도 이곳을 보여주지 않았다. 누군가가 옆에 같이 앉아 있어 준다면 답답함이 조금이라도 사라질까? 하지만 내게는 이곳에 같이 있어줄 사람이 단 한 명도 없었다. 나는 파이프를 한 번 치고는 입술을 깨물며 1층으로 훌쩍 뛰어내렸다.

생존! 하지만 다르게 봤을 때 더 간절한 소망이 하나 있다면 그것은…. 나는 고개를 돌렸다. 꿈도 꾸지 마. 어릴 때부터 들어왔던 소리였다. 가끔 무모한 생각이 불쑥 튀어나올 때마다 그 소리들이 강하게 울렸다.

공사장을 빠져나오자, 곧 허물어질 듯한 집이 나타났다. 언뜻 지나치면 집인 줄도 모를 건물이었다. 나는 익숙하게 파이프에 매달려 기어 올라갔다. 고철을 쌓아 올린 벽으로 공간을 분리한 방은 총 두 개였다. 난 더 작은 방으로 들어가 곰팡이 슨 매트리스에 드러누웠다.

'윗세계로 가고 싶어.'

아무리 생각해도, 이곳의 사람들이 존재하는 이유는 전부 다 윗세계에 물품을 올려 보내기 위해서였다. 그들은 사람으로 대접받지 못했다. 그저 기계일 뿐이었다. 그리고 나도 그 기계 중 하나였다.

'다 지긋지긋해. 이곳을 벗어날 거야.'

하지만 나는 곧 한숨을 내쉬었다. 아무리 벗어나려 몸부림을 쳐도 결국 제자리였으니까. 바닥에 놓인 봉투를 집어 들자, 종이 한 묶음이 툭 떨어졌다. 구역 신청서였다.

'이 서류는 앞으로 가지게 될 귀하의 직업 신청서를….'

'어느 구역을 선호하는지….'

'1지망부터 7지망까지 차례로….'

나는 잠시 항목 여러 개를 살펴보았다. 어쨌든 신청서는 내일까지 학교에 내야 했다. 고를 시간이 일주일 정도 있었지만 제대로 살펴보는 건 이번이 처음이었다. 그전에는 고르고 싶지 않았다. 이 현실에서 도피하고 싶었다. 구체적인 신청서 같은 건 현실을 더 현실적으로 만들어 줄 뿐이었다.

"어차피 신청해야 하잖아. 그중에서 네 맘에 드는 게 있을지 어떻게 알아? 시도도 안 해보고 너무 싫어하는 거 아니야?"

선생님이 조언이랍시고 한 말이었다.

하지만 나는 금방 흥미를 잃었다. 과정은 뼈 빠지는 노동, 결과는 윗세계로 물품 공급. 그게 다였다. 그건 나의 부모님이 하는 일이기도 했다. 부모님뿐 아니라 아랫세계의 모든 사람들이.

사람들은 나를 문제아로 인식했다. 넌 왜 수긍하지 않아? 넌 왜 이걸 못해? 다른 사람들처럼 하는 게 그렇게 어려워? 늘 듣던 소리였다. 하지만 나에게 하고 싶은 일이 없는 것은 아니었다. 단 한 번이라도 그런 미래에 희망을 걸 수 없을 뿐.

부모님이 올 시간이 거의 다 되어갔다. 부모님은 유일하게 나를, 내 안에 있는 나를 뒤틀지 않고 똑바로 보는 분들이었다. 부모님에게 걱정을 끼치고 싶지 않았지만 내 머릿속에서는 구역들과 윗세계들이 섞여 뒤죽박죽이었다.

"다녀오셨어요?"

지친 얼굴로 동시에 들어온 엄마와 아빠. 나는 입꼬리를 올려 보였다. 아빠가 종이에 싼 무언가를 내게 주었다.

"오늘 네 생일이잖아. 배급된 죽 먹기 싫었을 텐데."

나는 기름에 축축이 밴 종이를 살짝 끌러보았다. 빵이었다. 케이크처럼 폭신하지는 않지만 밀가루와 달걀을 섞은 진짜 빵.

"고마워요, 아빠."

나는 생일을 잊지 않고 기억해 준 부모님 덕분에 반짝 타오르는 즐거움을 느꼈다. 아무도 내 생일을 챙기지 않았던 것이다. 나 자신마저도.

"생일 축하해, 우리 딸."

엄마도 무언가를 내밀었다. 포장이 되어 있지는 않았지만 처음 보는 물건이었다. 까맣고 작은 공처럼 생겼지만 딱딱한 물건. 엄마의 다른 쪽 손에도 똑같은 물건이 놓여 있었다.

나는 그것을 받아 들고 살짝 흔들어 보았다. 내 손에 눌린 공이 달칵 소리를 내며 열렸다. 안쪽에는 소형 카메라와 스피커, 홀로그램 발산기가 내장되어 있었다.

"이 버튼을 누르면 홀로그램으로 영상 통화를 할 수 있단다. 또 녹화를 해두거나 그것을 보낼 수도 있지. 우리와 연락할 수 있는 수단이야."

"실용적이긴 하지만…. 연락은 손목 칩으로도 할 수 있잖아요."

난 의아스럽게 반문했다. 갓 태어난 아기는 두 가지 등록을 해야 했는데 첫 번째는 낙인, 두 번째는 손목 칩이었다. 목 부근에 번호를 찍는 게 먼저였고, 손목에 칩을 삽입하는 게 그다음이었다. 사람마다 부여되는 번호는 알파벳과 숫자로 이루어져 있었는데, 태어난 구역에 따라 첫 알파벳을 넣고 두 번째 알파벳을 넣을 땐 여자아이는 G, 남자아이는 B라는 규칙이 있었다. 만약 성인이 된다면 W와 M으로 변했다.

엄마는 고개를 저었다.

"아니, 손목 칩과는 다르게 중앙 통제실에서 감시할 수 없어."

"중앙 통제실이라고요? 중앙 통제실에서 왜 감시하면 안 되는데요?"

"우린 윗세계로 떠날 거야."

엄마보다 앞서 아빠가 말했다. 나는 의식하지 못한 채 공을 꼭 쥐고 고개를 저었다.

"왜요?"

떠난다고? 내게는 떠난다는 말이 아득하게 들렸다. 하지만 침착한 부모님의 얼굴을 보자 점차 윙윙거리는 소리가 잦아들면서 다시 그들이 똑바로 보였다.

"우리는 시스템에 불복종하기로 결정했단다. 네게 똑같은 삶을 대물림하고 싶지 않아서야. TM-12 기억하지?"

TM-12는 우리가 잘 알던 사람이었다. 홀로 아들 하나를 키우고 있었는데 낙상 사고로 죽었고, 얼마 지나지 않아 아들도 죽은 것으로 알려졌다. 그의 장례를 치른 것도 우리였다.

"그 아저씨는 사망 위장을 하고 윗세계로 올라갔어. 아들에게 새로운 길을 열어주기 위해서. 며칠 전 우리와 연락이 닿았단다. 그는 물론, 그의 아들도 살아 있지. 하지만 너를 위험하게 올려 보낼 수는 없으니 우리가 먼저 가기로 했어."

"그건 말도 안 돼요."

난 부모님의 말을 잘랐다. TM-12가 사망 위장을 했다는 것도 충격이었지만 받아들일 수 없는 건 따로 있었다. 윗세계로 간다고?

그건 엄격하게 금지된 일이었다.

"그러다가 죽을 수도 있잖아요."

"ZG-75."

아빠가 다정하게 내 이름을 불렀다.

"네가 올해로 몇 살이지?"

"열일곱 살이요."

"지금 우리가 떠나지 않으면 이곳을 뜨기가 어려워. 넌 머리도 좋고 재능도 있지. 이곳에서 시키는 반복 작업 빼고 모든 것에 말이다."

나는 떨리던 눈으로 살짝 웃었다. 그건 우리가 자주 하던 농담이었다. 다른 사람들은 너를 알아보지 못하는 거라며, 내가 문제가 아니라 사람을 기계처럼 다루는 이곳이 문제라며 아빠는 나를 위로했다. 엄마가 말을 이었다.

"걱정하지 마. 언제든 우리와 연락할 수 있으니까. 일주일 정도밖에 걸리지 않을 거야. 내일 밤에 이 집을 폭파할 생각이란다. 넌 공사장 쪽에 있으렴. 누가 물어보면, 답답해서 잠깐 빠져나왔다고 해. 공식적으로 집에 있던 나와 네 아빠는 죽게 되는 거지."

"하지만 모든 게 잘못되면요? 윗세계로 올라갈 수 없다면요?"

"그러면 우리는 다시 돌아올 거야. 납치 후 탈출로 위장을 하고. 가상의 반-시스템단이 소란을 피운 걸로 말이야."

난 손안에서 공을 굴렸다. 윗세계로 가는 건 내가 평생을 꿈꿔왔던 이상이었다. 하지만 그건 이루어질 수 없었기 때문에 이상이었다. 고개를 숙였기 때문에 아빠의 얼굴을 볼 수 없었지만 목소리는 들렸다.

"이 일은 아주 오래전부터 생각하고 의논해 왔던 거란다. 우린 TM-12를 예전부터 봐왔잖니?"

나는 대답하려고 했지만 그 순간 손안의 공이 진동하는 것을 느꼈다. 난 공을 들어 버튼을 눌렀다. 네모난 홀로그램 화면이 나타났다. 그 안에는 엄마의 얼굴이 있었다.

"안녕."

"안녕….'

공에서 엄마의 목소리가 퍼져 나왔다. 엄마가 만족한 듯이 씩 웃는 게 보였다. 하지만 현실과는 다른 새파란 빛이 감돌고 있었다.

"아무것도 이상 없어."

"하지만 저 때문에 엄마, 아빠를 위험에 빠트리고 싶진 않아요."

나는 중얼거렸다. 아직 꺼지지 않은 엄마의 공 쪽에서 지직거리며 내 목소리가 흘러나왔다. 그다음 말이 엄마였는지 아빠였는지는 아직도 확실하게 기억나지 않았다. 그 목소리가 아주 따듯했다는 것밖에는.

"네가 행복하지 않은 것이 우리에게 진짜 위험이란다."

2.
그들은 왜
돌아오지 못했는가

나는 눈을 떴다. 가쁜 호흡과 함께 심장이 세차게 뛰는 것이 느껴졌다. 아직도 생생했다. 너무 생생해서 꿈이라는 것을 아는 순간 이질감마저 느껴졌다. 만약 현실이었다면, 그 현실을 바꿀 수 있었을 텐데.

부모님이 떠난 지 1년. 그들은 일주일 후에 돌아오겠다고 했지만, 일주일 후에는 연락이 끊겼을 뿐이었다. 그리고 아무런 해결 없이, 아무런 설명 없이, 아무런 조치 없이 나는 다시 생일을 맞이했다.

"75, 문 열어."

문밖에서 QB-370의 목소리가 들렸다. 그는 나의 유일한 친구였다. 나는 물통에 입을 대고 몇 모금 남지 않은 물을 마셨다. 그러고 나서 삐걱거리는 문을 열어 밖으로 나갔다.

QB-370은 나지막한 목소리와는 정반대로 헝클어진 머리카락을 갖고 있었다. 하지만 그가 씩 웃는 건 엄마와 어딘가 비슷한 느낌을 주었다. 그래서 함께 있을 때 마음이 편안해지는 것일지도 몰랐다.

"자, 여기 있어."

QB-370은 배급 식량 봉투를 건넸다. 총 세 개였다. 아침, 점심, 저녁. 나는 그 봉투를 받아 들고 안쪽에서 새 물통을 꺼냈다.

"저녁부터 목이 너무 말랐어. 배급된 물을 실수로 쏟았거든."

"발전소로 오지 그랬어? 그건 그렇고 보여줄 게 있는데 같이 아침 먹자."

난 그의 뒤를 따라 걸었다. 배급받으려 줄 선 사람들이 어지럽게 엉켜 있었다. 아랫세계의 단점은 항상 길이 좁다는 것이었다. 사람들은 꾸역꾸역 집 비슷한 공간을 만들었고 위태하게 쌓인 건물에는 빨랫줄이 늘어져 있었다. 빨랫줄이 늘어진 집은 그래도 사정이 나은 편이었다. 적어도 갈아입을 옷이 있다는 거니까. 나는 3년 전 배급받은 옷과 최근에 배급받은 옷, 총 두 벌이 있었다. 하지만 3년 전에 배급받은 것은 너무 작아서 최근 것이 마르기가 무섭게 갈아입곤 했다.

광장을 가로지르자 분수대 뒤에 뻗은 기둥이 보였다. 그 기둥의 끝에는 커다란 전광판이 달려 있었는데 주로 배급 영상을 트는 데

썼다. 생각도 배급할 수 있다고 믿는 모양이지. 전광판은 3세계 광
장 곳곳에 있었는데 영상이 나오는 즉시 달려가서 감상하지 않으
면 벌점이었다. 그곳에서 나는 소리는 너무 시끄러워서 보고 싶지
않아도 저절로 눈길이 갔다.

안 그래도 좁은 길에 사람까지 바글바글하니 눈살이 찌푸려졌다. 누가 나를 알아볼까 봐 조급한 마음도 있었다. 그동안 전광판을 보는 것 외에는 집에서 거의 나오지 않았다. QB-370은 나를 바깥에 끌어내려는 의도로 같이 아침을 먹자고 권했던 걸까? 그는 발전소 관리자의 조카였다. 덕분에 내게 배급 식량도 가져다줄 수 있었던 것이었다.

"학교는 언제 나올 거야?"

"안 가."

부모님과 연락이 끊긴 후 한 달쯤 뒤, 나는 학교에 나가기를 멈췄다. 사람들은 부모님의 갑작스러운 죽음으로 내가 충격을 받았다고 생각했고, 선생님은 딱히 관심을 기울이지 않았다. 학교에 나가든 나가지 않든 처음부터 나는 문제아였다. 몇 안 되던 친구들도 전부 나가떨어지고 남은 건 QB-370 하나뿐이었다.

"네가 어른이 되면 더 이상 내 도움을 받기 힘들걸. 학교에 나오지 않으면 식량 배급을 중단하잖아. 일하러 나오지 않으면 그 정도로는 끝내지 않을 거야."

"글쎄⋯. 그럴 수도 있지."

나는 건성으로 대답하며 발전소 문을 열어젖혔다. 발전소 옆쪽으로 들어가면 QB-370의 방이 나왔다. 고철로 뭔가 만드는 걸 좋아하는 그의 방은 항상 어지러웠다. 윗세계 설계도를 손에 넣어서 플라잉카를 만든다거나, 손목 칩 같은 소형 칩을 개발한다거나.

하지만 지금은 방에 뭔가 새로운 것이 놓여 있었다.

"로봇이네."

"최신 버전이야, RF-002. 겉면이 손상되어 있어서 내가 조금 개조하긴 했지만, 기능에 큰 차이는 없을 거야."

로봇은 아무런 말도 하지 않았다. 인간형 로봇을 직접 보는 건 처음이었다. 곧게 뻗은 팔다리가 지나치게 똑바로 고정되어 있었다. 고철이 여러 겹 덧대어져 있는 얼굴은 차분해 보였다.

"아직 전원을 켜보지 않았어. 만약 모든 게 잘됐으면 정상적으로 켜질 거야."

"멋지다."

나는 손으로 로봇의 얼굴을 쓸어보았다. 부드러웠다. 녹슨 고철인데 부드럽다고 느끼는 게 이상했다. 나는 로봇이 웃고 있는 것 같다고 느꼈다. QB-370은 어깨를 으쓱였다.

"그런데 이걸 어떻게 해야 할지 고민이야. 삼촌은 내가 개조한 것들을 정리하라고 하셨거든. RF 시리즈는 대화할수록 성능이 좋아지는데 난 그럴 시간이 없으니까 말이야. 아마 팔아야 할 것 같아. 학교 옆쪽 고물상에 가면…."

"나한테 파는 건 어때?"

나는 불쑥 말했다. QB-370만큼 로봇을 잘 아는 건 아니지만 한눈에 RF-002가 마음에 들었기 때문이었다. 부드러우면서도 강력한, 거부할 수 없는 무언가가 있었다. 그리고…. 내 계획에 도움이 될 것 같기도 했다. QB-370은 그 말이 나오기를 바랐던 건지 신이 나서 말했다.

"그래? 그러면 나도 종종 볼 수 있겠네. 얼마 줄 건데?"

"알다시피 우리 부모님이⋯."

떠난 이후로는, 이라고 무심코 말하려 했던 나는 말을 멈추고 다시 신중하게 단어를 골랐다. 부모님이 죽음을 위장했다는 것은 가장 친한 친구인 QB-370에게도 숨긴 일이었다.

"⋯그렇게 되신 이후에는 돈이 없어. 하지만 내가 어렸을 때 모아서 은행에 넣어둔 돈이 있으니까 그걸 줄게. 30버클로? 고물상에서도 그 정도로 쳐줄걸."

"75! 이건 너한테 주는 선물이야."

QB-370이 웃음을 터트리며 말했다.

"잠깐 장난 좀 쳐봤어. 오늘 네 생일이잖아. 설마 그것도 잊어버린 건 아니지?"

아. 그러니까 부모님이 사라지고 정확히 1년이 지났구나. 나는 어쩐지 덤덤해진 기분이었다. 1년 전에도 나 말고 다른 사람이 생일을 기억했다. 지금은 기억할 사람이 없을 거라고 생각했다. 하지만 내 착각이었다.

"고마워. 넌 정말 최고의 친구야."

나는 QB-370을 잠시 끌어안았다가 놓고 로봇을 더 자세하게 살펴보았다. 보면 볼수록 마음에 들었다. QB-370은 로봇의 가슴 위에 달린 뚜껑을 열고 안에 있는 버튼을 눌렀다. 만약 사람이었다면 심장이 위치하는 곳이었다.

난 로봇의 눈동자에 빛이 들어온 것 같다고 생각했다. 그 눈동자는 왼쪽으로, 오른쪽으로 움직였다가 자신의 앞에 있는 두 사람을 응시했다. 로봇이 말했다.

"어느 쪽이 제 주인님이죠?"

"얘가 네 주인이야."

QB-370은 로봇이 제대로 작동돼서 기쁜 마음을 억누르지 못한 채 나를 가리켰다. 로봇은 내게 고개를 굽혔다.

"안녕하세요. RF-002입니다. 새 주인님, 당신의 이름은 무엇입니까?"

"ZG-75."

"그게 이름이라고요? 마치 로봇 같은 이름이군요."

로봇이 어리둥절하게 말했다. 나는 QB-370과 한 번 눈을 마주치고는 고개를 끄덕였다.

"다들 그런걸. 네가 전에 살던 곳은 그러지 않았니?"

"네. 그곳은 밝고 아름다웠죠."

난 로봇이 윗세계에서 떨어진 거라고 생각했다. 아랫세계에는 인간형 로봇이 없었다. QB-370도 비슷한 생각을 한 것 같았다. 그는 로봇을 향해 말했다.

"너의 기억 장치도 손상되어 있었어. RF는 스스로 복구를 하기도 하지만 어쨌든 정확한 건 기억나지 않을 거야."

"아하."

로봇이 맥없이 대꾸했다.

"네 이름을 지었어."

나는 로봇의 기운을 북돋아 주고 싶어서 그렇게 말했다. 예상대로 RF-002는 기뻐하며 물었다.

"뭔데요?"

"R."

"마음에 드네요."

난 QB-370에게 고개를 돌려서 물었다.

"로봇이 마음에 들지 않는 티를 내면서도 마음에 든다고 말할 수 있는 게 가능한 일인가?"

"그래. RF 시리즈는 RI 시리즈보다 감정의 표현을 발달시켰거든. 하지만 결국 고도로 발달한 인공지능일 뿐이야."

"그런 말을 듣는 건 조금 속상하네요."

R이 끼어들었다. QB-370이 말했다.

"기분 나쁘게 듣진 마. 그냥 사실을 말한 거니까."

난 대화를 듣다가 문득 배가 고파졌다. 우리가 봉투에서 배급 식량을 꺼내 먹기 시작하자 R은 그 광경을 물끄러미 쳐다보았다. 마치 우리가 인간이고, 배급 식량을 먹는 것이 부럽다는 태도였다.

"먹을래?"

"괜찮아요, 어차피 먹지 못하니까요. 저는 사람들이 음식 먹는 것을 보는 게 좋아요. 음식이 위장으로 들어가면 어떤 기분일까 생각하죠."

"기분은 나쁘지 않아. 맛있으면 더 좋겠지만."

나는 R에게 한 입 베어 문 영양 스틱을 흔들어 보였다. 메뉴는 늘

죽 아니면 영양 스틱이었다. 지독하게 맛이 없었지만, 모두가 함께 먹는다고 생각하면 좀 더 나아졌다. 그리고 거부한다면 결국에는 굶어 죽을 테니까.

"더 맛있는 걸 먹을 수는 없나요?"

"메뉴에 대해 불평했다간 몸이 성하지 못할걸."

QB-370이 고개를 설레설레 저었다. 중앙 통제실에서 파견된 감시단은 총과 쇠몽둥이를 차고 다니며 사람들을 위협했다. 그들에게 불복종하는 건 상상도 할 수 없었다.

'엄마 아빠는 상상을 넘어서 실행까지 했는데.'

나는 떠오른 생각을 머리에서 지워내기 위해 맛없는 영양 스틱을 쉬지 않고 씹었다. 하지만 식사 시간이 오래 지속되지는 않았다. QB-370이 학교에 가야 했기 때문이다. 그는 나와 다른 부류였다. 모범생. 또는 일반 학생. 나는 언제나 열등생이었다.

"잘 가, QB-370."

그는 나와 R에게 손을 흔들고는 학교 쪽으로 사라졌다. 나는 내 유일한 친구의 뒷모습을 보며 약간의 고마움을 느꼈다.

'내가 외로워하는 걸 알고 R을 준 거야.'

"이제 우리 둘만 남았군요."

R이 말했다. 그 로봇의 얼굴은 딱히 조직이 구체적으로 나누어져 있지도 않았는데 자유자재로 표정을 지을 수 있었다.

"난 학교에 가지 않아. 그러니까 너와 난 계속 같이 있을 거야."

나는 그렇게 말하다가 좋은 생각 하나가 떠올랐다.

"R, 너는 아마 윗세계에서 떨어졌을 거야. 그곳이 어떤지 나한테 말해줄래?"

"밝고 아름다웠어요."

R은 자신이 말하는 것이 얼마나 내게 도움이 되는지 알지 못했다. 만약 윗세계에 대한 정보를 얻는다면 부모님을 찾을 확률이 더 높아질 것이었다.

"다른 건?"

"그것 말고는 기억나지 않아요. 예전 주인님도, 제게 있었던 일도."

R은 약간 시무룩해진 것 같았다. 나는 실망스러웠지만 티 내지 않고 다시 걷기 시작했다.

"우선 장의사에게 갈 거야. 너까지 들어오면 불편해하실 테니까 내가 안에 있는 동안 밖에 서 있어."

장의사의 집은 멀지 않았다. 내가 그 문을 열고 들어가자 R은 그대로 서 있었다. 그곳은 내가 제일 싫어하던 공간 중 하나였다. 이상한 냄새가 항상 차올라 있었고 장의사 자체도 인상이 썩 좋은 사람은 아니었다. 안쪽에서 가방들을 정리하던 장의사가 고개를 들었다.

"제가 말씀드린 건 제대로 됐나요?"

"그래, 여기 있다. 오늘 밤에 필요한 거지?"

"네."

나는 장의사가 건넨 커다란 비닐 가방을 열었다. 사망 위장. TM-12와 그의 아들, 나의 부모님, 그리고 이제는 나까지. 가방 안쪽에는 나와 똑같이 생긴 인형이 들어 있었다. 어찌나 똑같이 생겼던지 나는 잠시 멈칫했다. 하지만 더 소름이 돋은 것은 그 인형을 보면 누구라도 시체라고 생각할 거라는 사실이었다. 그 인형이 내가 아니라는 것을 알면서도 내 미래를 보는 것 같아 꺼림칙했다.

"그런데 정말 떠날 거니? 그냥 잊어버리는 건 어때? 그곳은 너 같은 아이가 가기에는 너무 위험해. 모든 일이 뜻대로 안 될 수도 있고….."

"전 갈 거예요."

지난 1년을 그것만 보며 달려왔는데. 내 목표는 윗세계로 가는 것에서 부모님을 찾는 것으로 바뀌었다. 부모님이 걸어갔던 길을 따라 걷다 보면 언젠가 그들을 찾을 수 있겠지. 내가 굳게 다짐했다는 걸 안 장의사는 어쩔 수 없다는 듯이 고개를 끄덕였다.

"그래, 그러면 내일 아침에 인형이 다른 사람한테 발견되는 대로 화장터에 끌고 가겠다. 혹여 누군가 인형이라는 것을 알아차리면 안 되니까 빨리 처리하는 게 나을 거야."

"알겠어요."

나를 아침마다 찾아오는 사람은 QB-370뿐이었다. 그가 내 시체를 발견하고 경악할 생각을 하니 마음이 아팠다. 내게 로봇을 선물했던 하나뿐인 친구에게 남기는 게 고작 이런 것뿐이라니.

"R! 가자."

R은 내가 들고 있는 커다란 비닐 가방을 보고 깜짝 놀랐다.

"그게 뭐죠?"

"네가 오늘 밤 도와줄 일."

나는 옆쪽에서 걷는 R을 흘깃흘깃 쳐다보았다. RF 시리즈는 전투용이었다. 부모님을 찾는 일에 도움이 될 거라는 생각이 들었다. R을 데리고 간다면 QB-370도 뭔가 낌새를 알아챌지 모른다. 그래서 내가 부모님에게 가졌던 것처럼 약간의 희망을 가질 수도 있다. 살아 있을 거라는. 살아 있어서 언젠가 만날 거라는.

우리는 집에 도착했다. 엄마, 아빠가 폭파하고 떠나간 집은 얼마후 보수되었다. 처음부터 끝까지 내가 한 일이었다. 그건 복잡한 생각을 없애는 데에 좋았다.

"와, 집이 참 멋지네요."

나는 R의 칭찬은 무시하고 생각했던 말을 꺼냈다.

"너는 내 명령에 복종해야 돼. 안 그러면 위험해질 수 있거든."

"인식기가 리부팅돼서 저는 무조건 복종할 수밖에 없어요."

R이 고분고분 말했다. 내 기분을 맞추려는 식 같았지만 우선 대답이 나온 것을 만족하기로 했다. 나는 아무렇지도 않게 어깨를 으쓱였다.

"그럼 나를 위해 싸울 수 있겠구나. 자, 인형을 꺼내봐."

R은 주위를 둘러보다가 내가 말한 '인형'이 비닐 가방 안에 들어 있다는 사실을 깨달았다. R은 비닐 가방에서 인형을 꺼내다가 비명을 질렀다.

"주인님! 괜찮으신가요?"

"그건 내 인형이야."

내가 말했다. R은 다시 어리둥절해졌다. 나는 인형을 들고 꼼꼼히 살펴보았다. 잿빛 도는 머리카락과 꾹 다문 입. 하지만 동시에 눈도 감고 있었다. 눈을 뜬 인형은 눈동자까지 제작해야 해서 까다롭다는 장의사의 말이 떠올랐다.

"R, 내가 죽으면 이렇게 될까?"

"아니요."

예상외로 R의 대답은 간단했다.

"전 죽음이 아름답다고 생각해요."

난 그렇게 생각하지 않았다. 죽음을 꾸미는 것이라면 모를까. 나는 실제로는 죽지 않았다고, 언젠가 돌아올 거라고 말할 수 있다면 모를까.

갑자기 머리로 피곤이 몰려들었다. 긴장감 같기도 했다. 출발해야 한다고 생각하니까 묘한 기분이 들었다. 좋다고는 할 수 없었다. 그동안 잠을 자지 않고 지냈던 시간들이 나에게 한꺼번에 몰려드는 것 같았다.

3.
세계와 세계 사이에는 공기층세계가 있다

"주인님! 일어나세요."

"으음….”

나는 R의 목소리를 듣고 일어섰다. 인형을 배치한 후에 잠깐 잔다는 것이 밤까지 이어진 모양이었다. 시계를 보니 자정이 조금 지나 있었다.

"늦었어. R, 저 가방을 줘.”

나는 가방을 어깨에 메고 집을 나서려다 멈칫했다. 어두컴컴하고 고요한 집은 으스스해 보였다. 집을 보수하는 데 시간을 많이 쏟았음에도 불구하고 어딘가 기우뚱한 면이 있었다. 그리고 그 가운데 있는 나의 시체 덕분에 더 섬뜩했다.

'다시 돌아올 수 있을까?'

지금 이 생각을 할 때가 아니었다. 나는 파이프 쪽으로 훌쩍 뛰어서 바닥에 도착했다.

"R! 따라와."

"전 못 해요."

"뭐? 아깐 잘 올라왔잖아."

나는 황당해서 소리쳤다. 이곳에 파이프로 이동하지 못하는 사람은 거의 없었다. 모든 집들이, 모든 건물들이 파이프로 연결되어 있었다. 계단이나 엘리베이터보다 훨씬 돈이 덜 드는 좋은 방법이었다. 파이프가 달려 있지 않은 곳은 공장들뿐이었다.

"올라가는 건 괜찮아요. 하지만 내려가는 건 무섭다고요."

"무섭다고? 넌 로봇이잖아. 그렇게 높지도 않아."

R은 정말 내려오기 싫다는 표정이었다. 나는 얼굴을 찌푸리고 낮게 말했다.

"내 말에 복종해. 무조건 복종할 수밖에 없다더니, 사람들 다 깨게 지금 뭐하는 거야?"

그제야 R은 눈을 질끈 감고 파이프 아래로 미끄러져 내려왔다. 나는 뛰기 시작했다. 사람들은 없었다. 10시 이후에 바깥에서 어슬렁거리면 감시단들에게 의심을 살 수도 있었기 때문이었다.

하지만 내가 뛰는 동안은 감시단이 보이지 않았다. 나는 광장 전광판 아래에 있는 분수대에 이르러 잠시 멈췄다. 분수대는 거의 떨어질 듯이 허름한 이곳의 다른 곳과는 거리가 멀었다. 청소부가 매일 깨끗이 청소했기 때문이다. 하지만 물은 더러웠다. 사실, 더러운 수준이 아니었다. 너무 뿌예서 아무것도 보이지 않았다.

나는 물속으로 손을 넣어 더듬었다. 하지만 손이 닿지 않았다. 물속으로 들어가는 수밖에 없었다.

완전히 분수대 안으로 들어가자 물은 내 목 끝까지 왔다. 어린아이들이 오지 못하게 말리는 것도 무리는 아니다 싶었다. 나는 숨을 들이마시고 바닥으로 잠수해서 손잡이를 찾기 시작했다.

하지만 손잡이는 나오지 않았다. 나는 숨을 들이마시기 위해 다시 물 밖으로 나왔다. R이 분수대에서 정확히 두 걸음 떨어진 곳에 붙박인 듯 서 있는 것이 보였다.

"R! 물에 들어올 수 있니?"

만약 들어오지 못한다면 일이 더 커졌다. 분수대의 물을 전부 퍼 올려야 할 수도 있었다. 하지만 다행히 R은 방수가 되는 재질인 모양이었다.

"네, 겉면에 조금 녹이 슬긴 하겠지만, 기능에는 문제없어요."

"그럼 들어와서 손잡이 좀 찾아봐."

R은 나처럼 물속으로 들어와서 손잡이를 찾았다. 물이 분수대에서 조금씩 넘쳐흘렀다. 로봇이 찾으면 금방일 줄 알았지만, 한참이 지나서야 R이 말했다.

"여기 있어요."

나는 손잡이를 잡고 끌어당겼다. 물이 울컥 소리를 내며 위로 더 올라왔다. 나는 문이 열린 것을 짐작하고 그 안으로 헤엄쳐 들어갔다. 안쪽으로 들어가자 희뿌옇기만 하던 물속이 어느 정도 보였다. R이 들어와서 문을 다시 닫는 게 보였다. 그러자 분수대 안이 훨씬 어두워졌다. 하지만 앞은 볼 수 있었다.

늘 좁은 아랫세계라고는 생각도 하지 못할 만큼 커다란 공간에 물이 꽉 차 있었다. 나는 끝까지 내려가면 새로운 문이 하나 나온다는 것을 알고 있었다. 하지만 확신이 들지 않았다.

그 순간 새카만 것들이 모여들었다. 형체를 알아볼 수 없었지만, 굉장히 크고 위협적이었다. 그것들은 내 팔과 다리를 물어뜯었다. 나는 절망을 느낄 새도 없이 발버둥 쳤다. R은 나에게로 다가왔는데 나는 사실 레이저나 비슷한 것을 쏘길 기대했다. 하지만 그 로봇은 나를 물 아래로 더 누르기만 했다. 적어도 그 새카만 무언가들은 더 이상 쫓아올 수 없었다.

밑바닥까지 간 우리는 문을 열고 그 안으로 들어갔다. 불이 탁하고 켜지며 틈새로 물이 빠져나갔고, 뜨거운 바람이 몇 차례 나와 몸을 완전히 말렸다.

"그게 뭐였지? 수중 생물은 완전히 멸종한 걸로 아는데. 제일 먼저 직격타를 맞은 건 어류잖아."

"글쎄요. 사실은 멸종되지 않은 게 아닐까요?"

"말도 안 돼. 내 생각에는 불법 경로로 이동하는 사람들을 막기 위해 풀어놓은 것 같아."

내가 말을 끝내자마자 앞에 있던 문이 열렸다. 난 놀랄 수밖에 없었다. 이리저리 엮어놓은 판자들이 마을을 이루고 있었고, 사람들이 바쁘게 걸어 다니고 있었다. 마치 공중 위에 떠 있는 집 같았다.

"주인님, 한 걸음만 더 내디디면 떨어져요."

R이 말했다. 그제야 난 아래쪽을 쳐다보았다. 희미한 바닥을 기대했지만, 아무것도 보이지 않았다. 눈을 뜨고 꿈꾸는 것 같았다. 너무 깊으면 그 끝을 볼 수 없다. 이곳이 바로 그런 곳이었다. 하지만 사람들은 익숙한 듯이 난간도 없고 보호 장치도 없는 판자들을 넘어 다녔다.

"이 이후로는 아무것도 말해주지 않으셨어. 이제부터는 내가 혼자 해야 해."

나는 부모님이 했던 말들을 천천히 떠올렸다. 사망 위장, 감시단이 없는 시각, 분수대 바닥의 문. 그리고 그 끝은 이곳 '공기층세계' 였다. 윗세계와 아랫세계를 잇는 유일한 곳. 세계 사이에 공기층이 있었고, 지낼 곳 없는 사람들이 모여들면서 일종의 또 다른 세계가 되었다.

'엄마, 아빠도 지금 나처럼 막막하셨을까? 하지만 나를 위해 나아갔겠지.'

나는 천천히 판자들 위에서 걷기 시작했다. 앞쪽에 조각상처럼 앉아 있는 노인이 보였다. 그 노인은 노점상에서 물건을 파는 것 같았다. 하지만 다른 사람들은 그곳을 거들떠보지도 않았다. 나는 그 모습에 다가갈 용기를 얻었다.

"안녕하세요. 이건 얼마죠?"

나는 그쪽으로 다가가 물건들 중 초기 배급 식량을 꺼내 들며 물었다. 그 식량은 10년도 넘은 것 같았다. 내 예상이 맞았다. '영양 큐브'라고 적힌 봉투였다. 영양 스틱 전에 영양 큐브가 있었는데, 실용적이지 못하고 폐지된 식량이었다.

"1버클로. 구하기 쉽지 않은 거네, 아가씨처럼 말이야. 바깥 사람이 드나들지 않은 지 꽤 됐는데 왜 온 거지?"

노인이 쉰 목소리로 말했다. 나는 머뭇거리다 말했다.

"사람을 찾고 있습니다. 총 둘인데, JM-67과 HW-466이라고 목에 적혀 있어요. 50대 부부고요. 혹시 그들을 보셨나요?"

엄마, 아빠의 번호를 말하자 목이 메었다. 말해야 할 때면 의식적으로 건너뛰었던 그 번호. 노인은 고개를 비스듬히 한 채로 한동안 아무 말도 하지 않았다. 잠든 것으로 오해할 정도였다. 하지만 결국 노인은 입을 열었다.

"그래, 기억이 나는군. 비행선을 타는 사람은 흔치 않으니까. 그 부부는 결국 위로 올라갔다고 했지. 아마 그럴 거야. T는 실패하지 않아."

"T라고요?"

새로운 이름에 관심이 쏠린 나는 물었다. 어쩌면 단서가 될 수도 있었다. 노인은 내게 뭔가 더 말하려고 했다. 하지만 그때 사람들이 비명 지르는 것이 들렸다. 나는 그쪽을 돌아보고는 기절할 듯이 놀랐다. 쇠몽둥이를 찬 감시단이 보였기 때문이었다.

"숨어!"

나는 R에게 소리치며 삐걱대는 판자들 위를 달렸다. R은 판자 하나를 빼내어 그 안에 공간을 발견했다.

"주인님, 여기요!"

나는 감시단이 나를 보기 전에 아슬아슬하게 들어갔다. 하지만 그 안으로 들어가자 고정되어 있던 나무판자가 흔들리면서 덜덜 떨렸다. 만약 빠지기라도 한다면 보이지 않는 저 끝으로 떨어질 것이 분명했다.

어쨌든 다시 나갈 수는 없었다. 감시단은 두 명이었는데 사람들이 비명을 지르는 덕분에 뭐라고 하는지 들리지 않았다. 그때 갑자기 사람들이 조용해졌다. 나는 판자 틈에 눈을 대고 무슨 상황인지 알아내려 애썼다.

중간에서 키가 큰 여자가 걸어오고 있었다. 쌍꺼풀이 아주 짙고 오만해 보이는 여자는 짜증이 난 것처럼 턱을 치켜세우고 있었다.

"더 이상 운반하지 않는 걸로 합의했잖아! 대체 뭘 바라는 거야?"

"T, 이곳에 쥐새끼 한 마리가 들어왔어."

그러니까 여자의 이름이 T인 것이었다. 감시단은 그녀와 잘 아는 사이인 것 같았다. T는 심중을 알 수 없는 눈빛으로 감시단을 내려다보더니 말했다.

"알았어, 찾으면 넘겨줄게. 하지만 내가 너희에게 지속적으로 돈을 지불하고 있다는 걸 잊지 마. 서로 간에 예의는 지켜야 하지 않겠어?"

"ZG-75, 열여덟짜리 여자애야."

난 그 순간 위쪽 판자에 매달리는 것도 잊어버리고 스르르 주저

앉았다. 위장 시체까지 두고 왔는데 어떻게 내가 도망쳤다는 걸 안 걸까? 이렇게 빨리 들키는 건 고려하지 않았다. 이제부터 내 이동에는 무조건 감시단이 따라붙게 될 것이었다. 아니면 감시단이 쫓을 거라는 불안감이라도.

감시단이 떠나자 사람들은 어수선한 분위기로 흩어졌다. 나는 판자가 점점 주저앉고 있다는 건 알았지만 T가 자리를 떠나지 않아서 초조하게 매달려 있었다. 하지만 T가 떠나가도 문제였다. 공기층세계 사람들 중 나를 알아보지 못하거나 잡지 않을 사람은 얼마나 될까?

"R, 몇 가지 전투 기술을 할 수 있지?"

나는 절박하게 속삭였다. 나와 R이 감시단과 싸워 이길 수 있을까? 그럴 가능성은 희박했다. 하지만 만약 이 로봇에게 엄청난 힘이 있다면? R이 말했다.

"한 가지도 없어요."

"뭐? 넌 전투용이잖아!"

나는 너무 황당해서 작은 소리로 말해야 한다는 것도 잊어버리고 소리쳤다. R은 고개를 저었다.

"저는 한 번도 전투 기술을 배운 적이 없어요. 그건 사람을 죽여야 하는 거니까요."

"죽이지 않으면 죽잖아."

R은 대답이 없었다. 나는 다시 판자 위쪽을 쳐다보았다. T는 가버린 것 같았다.

"R, 너 먼저 올라가."

R은 내 말을 듣고 위쪽으로 올라갔다. 나도 올라가려고 손을 뻗었지만, 다리가 아래쪽으로 미끄러지면서 나를 받치고 있던 판자가 부러졌다. 그 조각들은 아래쪽으로 떨어졌지만 부딪히는 소리도 들리지 않았다. 나는 불길한 생각에 필사적으로 다리를 휘저었지만 도움 되는 건 없었다.

"내 손을 잡아."

내게 뻗은 손을 잡지 않을 이유는 없었다. 나는 나를 잡아준 사람이 누군지 알지도 못하고 판자 위로 올라왔다. R은 아니었다. 여자의 목소리였다. 어디에선가 들어본….

'T?'

나는 뒤로 물러서고 싶었지만, 뒤에는 커다란 구덩이가 있었다. R은 당황스러운 얼굴로 나와 T를 쳐다보았다. 하지만 쳐다보는 것 외엔 아무것도 하지 않았다. T가 입꼬리를 비틀어 올리며 말했다.

"그러니까 네가 그 쥐새끼로군."

나는 아무 말도 하지 않고 서 있었다. 도망치고 싶었지만 그럴 수도 없었다. 지금 이곳에 대해 나는 아무것도 모르고 있었으니까.

"이리 와. 내 사무실로 가서 이야기하지."

T는 내게 친한 척하며 팔짱을 꼈다. 나는 부르르 떨리는 몸은 어쩔 수 없었지만, R에게 따라오라는 눈짓을 했다. 다행히 R을 제지하는 사람은 없었다.

T가 나를 끌고 온 곳은 허름한 술집이었다. 그녀는 덜그럭거리

는 탁자에 앉아 술잔을 들이켰다. 내 앞에도 먼지 낀 술잔이 하나 놓였지만 나는 입에 대지 않았다.

"그래, 이제 네 이야기를 해봐. 눈물 없이는 못 듣는 사연. 난 그런 걸 좋아하거든."

"부모님이 사라졌어요."

"아! 시작부터 슬프군."

T는 즐거운 것 같았다. 그녀는 소매로 눈물을 닦는 시늉을 하며 나를 계속 바라보았다. 나는 개의치 않고 말을 이었다.

"우리 부모님을 윗세계로 올려줬나요? JM-67과 HW-466라는 숫자가 목에 새겨져 있어요."

"그래. 그들은 가진 돈을 모두 털어 나에게 줬지. 너도 위로 올라가고 싶은 거야?"

"네."

"미안하지만 그건 안 돼. 아까 감시단들 봤잖아? 난 운반을 중지하고 대신 이곳에 남기로 그들과 합의를 했어."

T가 고개를 저으며 깔깔 웃더니 갑자기 뚝 멈췄다.

"저 로봇을 답례로 주면 모를까."

나는 잠시 그 말의 뜻을 이해하지 못했다. 하지만 조금 후 뒤쪽에 서 있는 R이 눈에 들어왔다. R은 혼자 있어서 심심해 보였다. 만약 로봇이 심심할 수 있다면 말이다.

"그건…."

나는 말문이 막혔다. R은 QB-370이 마지막으로 준 선물이었다.

하지만 다르게 생각해 보면 이 로봇은 아무런 쓸모가 없었다. 전투도, 위장도 하지 못하고 할 줄 아는 것이라고는 나와 대화하는 것밖에 없었다. 그리고 나는 부모님을 찾기 위해서라면 말동무쯤은 얼마든지 포기할 준비가 되어 있었다.

"좋아요."

T는 만족스러운 웃음을 지으며 나와 악수를 했다.

"그럼 넌 정확히 몇 세계로 올라가고 싶은 거지?"

"몇 세계라니요?"

평생 내가 들은 말 중에 가장 충격적인 것이 아마 이 말이었을 것이다. 윗세계, 아랫세계. 그리고 내가 올라갈 수 있는 곳은…. 윗세계뿐인데. 세계의 숫자가 있다는 걸까? 나는 아무렇지도 않은 듯이 말했지만, 머릿속에는 당혹감과 함께 온갖 물음표들이 떠다녔다.

"아무것도 모르는구나. 하긴, 3세계 사람들은 모르는 경우가 있긴 하지."

T가 의외라는 듯 말했다.

"하지만 이것만 알면 큰 문제는 없어. 총 여섯 개의 층이 있다는 것."

"더 설명해 주세요."

나는 간절하게 말했다. 지금까지 살아왔던 인생을 통째로 부정당하는 기분이었다. 하지만 이럴수록 정신을 똑바로 차리고 모을 수 있는 정보는 모두 모아야 했다. T가 거들먹거리며 말했다.

"대폭발 이전 이 돔으로 사람들이 모여든 건 너도 알 거야. 폭발 후에 나가려고 했지만 대기가 사라졌기 때문에 이곳에 있을 수밖에 없었지. 제0세계부터 제5세계까지 총 여섯 개의 층이 돔에 나누어져 있어. 그중 0세계와 5세계를 부를 때는 꼭 '제'를 앞에 붙여야 해.”

난 '왜요?'라고 물을 엄두도 나지 않았다. 잠자코 T의 말을 들을 따름이었다.

“제0세계는 맨 꼭대기 층으로 좋게 말하면 제왕, 나쁘게 말하면 독재자가 거주하는 곳이야. 이 시스템의 창시자라고도 불리지. 정확한 이름과 나이는 아무도 몰라.”

나는 그 독재자가 누구든 간에 딱히 좋은 사람 같지는 않았다. 만약 좋은 사람이었다면 뼈 빠지게 노동하고 억압받는 3세계를 만드는 일 따위는 하지 않았을 것이다.

“1세계는 극소수의 상위층 사람들이 거주하는 곳으로 멸망 전 자연환경이 그대로 복원되어 있다고 해. 그 외에도 많은 것들이 있겠지. 부자들이 뭘 못하겠어?”

나는 울컥하는 기분을 느꼈다. 나는 1세계를 바라지도 않았다. 그저 재능을 따라 일할 수 있는 것만을 바랐는데. 사람들이 2세계에 이어 1세계까지 있다는 걸 알면 어떤 표정을 지을까?

“2세계는 네 부모가 올라간 곳이야. 각자 직업이 있고 나름 존중받는 삶을 살지. 어쨌든 일은 해야 해. 일하는 건 건강하고 좋은 일이야. 너무 놀면 머리가 좀 이상해지거든.”

그러니까 부모님은 성공한 것이었다. 윗세계로 올라가기 전까지는 무사했다. 무엇이 잘못되었을까? 왜 다시 나에게로 돌아오지 못했을까?

"3세계는 네가 더 잘 알 테니 그만두지. 노동 인력. 그게 전부야."

나는 지금까지 살아왔던 삶을 떠올렸다. 지긋지긋한. 하지만 모든 내 기억에는 부모님이 함께 있었다. 그것만으로 나는 돌아가고 싶었다. T는 내가 고개를 숙인 것은 알아차리지 못하고 거만하게 말했다.

"그리고 4세계부터가 재미있어. 그곳은 질 나쁘고 추악한 범죄자들의 세계거든. 주로 씻을 수 없는 죄를 지은 사람을 4세계로 추방하는데, 특별한 힘이 없는 이상 끝이라고 보면 돼."

나는 불길한 느낌이 들었다. 규칙도 없고 질서도 없는 범죄자들의 감옥. 내가 살던 곳보다 끔찍한 세계가 있다니. 그런 걸 상상하기에는 3세계만으로도 버거웠다.

"제5세계는 그런 범죄자들의 왕이 거주하는 곳이야. 필요할 때는 그들을 다잡거나 제지하지. 하지만 최근에는 관여가 많이 사라졌어."

T는 말을 끝냈다.

"그러니까 넌 몇 세계에 가고 싶은 거야?"

"2세계요."

엄마 아빠가 2세계로 올라갔다는 사실을 안 이상 목적지는 정해져 있었다. T가 소리쳤다.

"좋아! 잠들어 있던 비행선을 깨울 시간이 됐군."

그녀는 술집에서 나와 성큼성큼 걷기 시작했다. 나는 R에게 눈짓했다. 얼기설기 엮은 판자들 끝 쪽으로 가자 점점 사람들이 드물게 보였다. 나는 T의 뒤를 따라 조용해진 길을 계속 걸었다. 아래를 볼 때마다 가슴이 쿵쾅거렸지만 계속 걷다 보니 나아졌다. 조금 후에 길은 완전히 끊겼다. 그리고 그 앞에는 거대한 문이 자리 잡고 있었다.

"비행장이야."

T는 설명했다. 그녀가 홍채 인식기에 눈을 대자 문이 끼익거리는 소리를 내며 열렸다. 생각보다 깨끗해서 아무 소리도 안 날 줄 알았는데 엄청나게 낡은 모양이었다. 나와 R은 그곳으로 조심스럽게 들어갔다.

문보다도 거대한 공간. 천장과 옆쪽은 회색 파이프가 온통 뒤덮고 있었다. 하지만 바닥은 뻥 뚫려 있었고 판자와 고철을 이은 다리가 중간중간에 놓여 있었다. 발을 약간이라도 헛디디면 영영 사라져 버릴 것 같았다.

그리고 공중에 뜬 나루터가 있었는데 그 끝에서 마침내 비행선을 볼 수 있었다. 비행선은 허름해 보였지만 그 역시 꽤 거대했다. 부모님도 이 비행선을 봤을 것이고 발을 내디뎠을 것이다.

T는 내가 비행선에 올라타기 전 말했다.

"자, 그럼 비용을 내."

비행선 양옆에 서 있던 사람 둘이 R을 잡아챘다. R은 갑작스러운 상황에 깜짝 놀란 것 같았다. R은 내 쪽으로 고개를 돌렸다.

"주인님!"

"미안해, R."

"꿈에 이름도 있군!"

T가 비웃자 R은 속상한 표정으로 어깨를 늘어트렸다. 나는 약간의 죄책감이 들었지만, 지금으로썬 이 방법이 최선이었기 때문에 어쩔 수 없었다. R이 시야에서 완전히 사라지자 T는 나를 비행선 안으로 이끌었다. 비행선 안에는 엄청나게 많은 의자와 창문이 있었다. 나는 그 의자들을 잠시 동안 구경했고 T는 그런 나를 바라보며 말했다.

"마음껏 보라고! 한때는 이 의자들이 꽉꽉 찼는데. 한 번 운반할 때마다 말이야. 그랬던 내가 이제는 아무것도 못 한다니."

나는 T가 떠드는 것을 들으며 조종석까지 걸어갔다. 조종간에는 색 바랜 버튼들과 레버들이 자리 잡고 있었다.

"보조석에 앉아도 돼. 너는 마지막 손님이니까."

내가 보조석에 앉자 T도 조종석에 뛰어올랐다. 그녀는 창문에 쌓인 먼지를 닦으려 했지만 실패하자 한숨을 내쉬었다. 꽤 오랫동안 사용하지 않았다는 내 예상이 맞은 것 같았다. 그러고 나서 여러 버튼들이 눌리자 비행선이 덜컥하고 움직였다. T가 나지막한 목소리로 욕을 내뱉고는 중얼거렸다.

"문을 안 닫았어."

그녀는 문을 닫고 다시 돌아왔다. T가 다시 조종석에 뛰어오를 때 나는 뭔가 탁 하는 소리를 들은 것 같았다. 하지만 T는 그 소리를 듣지 못했는지 외쳤다.

"그럼 출발해 볼까?"

비행선은 천천히 오른쪽으로 돌더니 앞으로 돌진했다. 하지만 나는 덜커덩거리는 것만 느낄 뿐 아무것도 볼 수 없었다. 희뿌연 무채색의 끝없는 공간 말고는 아무것도 없었다.

"이런 곳에서 어떻게 길을 찾죠?"

T는 대답 대신 턱으로 창문 너머를 가리켰다. 나는 잠시 동안 집중한 후에야 벽면에 뭐가 있는지 볼 수 있었다. 사람들이었다. 다닥다닥 벽면에 붙어서 판자 하나로 겨우 지탱한 곳에 앉아 있는 사람들. 아까 그 노점상은 저곳에 비하면 궁전이었다. 저 사람들은 T 아래에 있지 않은 것 같았다.

"저들은 내 표지판이야. 나는 내가 배치해 놓은 표시를 보고 길을 찾거든."

그들의 집은 전부 제각각이었기 때문에 그럴 수도 있을 것 같았다. 하지만 곧이어 뭔가 폭발하는 듯한 소리가 나며 몇몇 집이 조각 조각나서 바닥으로 떨어졌다. 난 조금 후에야 그것이 T가 저지른 일이라는 것을 알아차렸다.

"지금 뭐 하는….."

그 안에는 사람도 있었을 텐데. 내 눈빛을 본 T는 별일 아니라는 듯 어깨를 으쓱했다.

"내 표지판이라고 했잖아. 내가 알 수 있게 다듬어야 하지 않겠어? 세균 같아. 다듬어 봐도 꾸역꾸역 생겨나는 걸 보면."

"저들은 사람이에요! 그렇게 마음대로 죽여선 안 된다고요."

나는 떨리는 목소리로 말했다. 운반을 중지한 T는 더 이상 표지판이 필요하지 않을 텐데. 나에게 과시하려고 하는 걸까, 아니면 실제로는 운반을 중지하지 않은 걸까? 더 이상 T의 말을 믿기 어려웠다. 분노가 느껴졌다. 죽이지 않으면 죽는다. 내가 R에게 한 말이었다. 하지만 지금은…. 달랐다. 죽이지 않으면 죽는 상황도 아니었다. T가 재미있다는 듯이 어깨를 으쓱였다.

"세균인 건 너도 마찬가지야, 3세계에서 왔으니까. 설마 내가 정말로 너를 2세계에 올려줄 거라고 생각한 건 아니겠지? 비행장에는 감시단이 기다리고 있어. 너를 4세계로 추방할 감시단이."

"안 돼!"

부모님도 찾지 못했는데 여기서 멈출 수는 없었다. 나는 T가 당기고 있는 레버를 앞으로 밀었다. 비행선 전체에 빨간 불이 깜빡거렸다. 나와 T가 엎치락뒤치락 싸우는 동안 비행선은 빠르게 추락하기 시작했다.

쾅! 아주 큰 소리가 들렸다. 바로 옆에서 나는 것 같기도 하고, 먼 곳에서 나는 것 같기도 했다. 나는 어둠 속으로 빠져들었다.

4.

도망

"…주인님!"

"R?"

눈앞에 R이 있었다. R은 눈동자를 굴리며 나를 살폈다.

"괜찮으세요?"

"네가 왜 여기에…."

나는 뒷머리를 문지르며 자리에서 일어났다. 그러자 주변이 눈에 들어오기 시작했다. 비행선의 천장 부분이 완전히 부서져 있었고 나는 잔해들 위에 눕혀져 있던 것 같았다. 비행선이 추락한 곳은 공기층세계의 바닥 같았는데, 사실 맨 끝까지 닿지는 못했다. 더 아래쪽은 비행선이 들어가기엔 너무 좁았을 뿐이다. 비행선은 벽 양옆에 끼워져 있었다.

"경비병을 따돌린 후 문이 열려 있는 틈을 타 저도 비행선에 올라탔어요."

"아까 그 소리가 너였어?"

"네."

나는 잠시 동안 서 있었다.

"미안해."

"네."

"난 어쩔 수 없었어. 부모님을 찾아야 하니까."

"네, 이해해요."

R이 대답했다.

"내가 어리석었어. 앞으로는 널 버리지 않을게. 악수하자."

"네."

R의 손은 딱딱하고 차가웠다. 나는 그 손을 꽉 쥐었다가 놓았다.

"T는 어디 있어?"

R은 고개를 저었다. 그제야 난 T가 운전석에 그대로 있다는 것을 알았다. 그녀는 눈을 반쯤 뜨고 나를 노려보고 있긴 했지만 다친 것 같았다. T가 입을 열자 나는 그녀의 상태가 생각했던 것보다 심각하다는 사실을 알았다.

"깜찍하게도 날 속였군."

"거짓말한 건 너야. 부모님은 어디 있지?"

나도 T를 노려보았다. T가 미친 듯이 웃음을 터트렸다.

"네 부모는 죽었어."

나는 입술을 깨물었다. 거짓말. 하지만 내가 뭐라고 더 윽박지르기도 전에 T는 눈을 감았다. 천천히, 천천히 맥박이 잦아들었다. 고통스러운 듯이 한숨을 내쉬고 그것으로 끝이었다. T는 죽었다.

나는 T를 그대로 내버려 두고 위쪽을 올려다보았다. 까마득했다. 아까 봤던 것 같은 몇몇 집들이 보였는데 아무도 이쪽까지 내려오지는 않을 것 같았다.

"R, 비행선은 완전히 망가졌어. 어떻게 이곳을 벗어날 수 있을까?"

"사람들이 집을 지은 걸 보면 뭔가 이동할 방법이 있을 거예요."

나는 R의 말에 자신감을 얻고 문득 아래쪽을 내려다보았다. 비행선이 들어갈 만큼 넓지는 않았지만 나 하나쯤은 들어갈 수 있었다. 그 끝에는 T가 파괴했을 잔해들이 꽉 채워져 있었다.

나는 그 아래쪽으로 조심스럽게 내려갔다. R도 내 뒤를 따랐다.

"해골도 있어."

이 해골은 얼마나 긴 시간 동안 이 틈에서 썩어갔을까. 나는 소름 돋은 팔을 문지르며 계속 걸어나갔다. 그때 발에 차이는 뭔가가 있었다. 나는 그것을 집어 들었다. 기다란 막대기였는데 끝이 뾰족했다.

"이게 뭘까?"

"주인님! 이것 보세요."

R이 벽면을 가리켰다. 벽면에는 파낸 것 같은 자국이 드문드문

찍혀 있었다. 위쪽에는 훨씬 더 많이 찍혀 있는 것 같았다.

"어쩌면 이 막대기로 벽면을 찍으며 이동했던 것 아닐까요?"

"그럴 수도."

나는 시험 삼아 막대기의 끝부분으로 벽을 찔러보았다. 벽이 움푹 들어가며 자국이 생겼다.

"공기층세계는 바깥과 우리를 구분하는 곳이야. 그런 곳의 벽을 이렇게 만든 건 너무 내구성 없는 게 아닐까?"

나는 고개를 저었다. 어쨌든 막대기를 찍다보면 벽을 탈 수도 있을 것 같았다. 나는 막대기 두 개를 집어 들고 벽을 찔러서 자국을 만들며 올라가기 시작했다. 시작은 순조로웠지만 금방 팔에 힘이 빠졌다. 내가 제자리에 멈추자 R이 소리쳤다.

"힘내요!"

나는 손을 뻗어 막대기를 다시 찍었다. 하지만 발을 헛디디면서 먼지가 아래로 떨어졌다. 나는 가까스로 막대기에 매달렸지만 흔들리는 것밖에 할 수가 없었다. 조금만 더. 다리에 힘을 주었지만 소용없었다. 결국 팔까지 미끄러진 나는 엄청난 소리를 내면서 바닥으로 추락했다.

"으악!"

R도 내 밑에 깔려 버둥거렸다. 약 1.5m 높이여서 큰 상처는 없었지만 무척 아팠다. 그때 누군가가 우리에게 다가오는 것이 보였다.

내 나이 또래의 소녀였는데 비쩍 말라 있었다. 짧게 자른 단발은 귀 아래에서 찰랑거렸다. 소녀는 나와 R 앞까지 걸어오더니 무표정으로 말했다.

"따라와."

나와 R은 T를 내버려 두고 소녀를 따라 걸어갔다. 소녀는 한참 동안 파편과 잔해 사이의 좁은 길을 걸었다. 그리고선 벽에 난 통로 앞에서 멈췄다. 그 통로는 그냥 지나치면 모를 정도로 작고 허름했다. 하지만 누군가 임의로 만들어 둔 것임은 틀림없었다.

수수께끼 같은 소녀는 그 안쪽으로 들어갔다. 비쩍 말라서 쉽게 들어갈 수 있었지만 나와 R은 몸을 비집고 밀어 넣어야 했다. 안쪽은 여러 잡동사니들로 만들어진 계단이 있었는데 높이가 전부 제각각이었다. R은 자신 같은 인간형 로봇이 전원이 꺼진 채 계단의 일부로 쓰이고 있는 것을 보고 두렵다는 듯이 몸을 떨었다. 나는 시체를 보고 깜짝 놀랐는데 곧 그것이 인형이라는 것을 알아차렸다. 제일 많이 쓰인 건 고철이었는데, 비행선의 겉 부품 같았다.

"처음에는 너희가 시도한 방법을 쓴 게 맞아. 하지만 T의 눈을 피해서 벽 안에 계단을 만들 수 있었어."

소녀가 차분한 목소리로 말했다. 계단은 점점 울퉁불퉁해지고 길은 여러 갈래로 나뉘었다. 하지만 소녀는 익숙한 듯이 어떨 때는 왼쪽으로, 어떨 때는 오른쪽으로 방향을 꺾으며 계단을 올라갔다. 중간중간에 커튼 봉과 하얀 커튼이 또 다른 통로를 가리고 있었다. 문, 문, 커튼, 또 문….

"여기야."

소녀는 삐걱거리는 문을 열고 들어가며 무심하게 말했다. 나는 지금껏 우리 집보다 초라한 곳은 보지 못했는데 소녀의 집이 바로 그런 곳이었다. 탁자에는 반쯤 남은 영양 스틱이 놓여 있었고 그 옆쪽에 더러운 담요가 놓여 있었다. 소녀는 계속 걸어갔다. 그제야 나는 바깥쪽에 방으로부터 뻗쳐 나온 공간이 있다는 사실을 알아차렸다. 조금만 더 깨끗하고 번듯했어도 테라스라고 했을 것이다. 소녀가 그곳에 걸터앉자 나도 그 옆에 조심스럽게 앉았다.

"T의 눈을 피해야 했기 때문에 이곳에 나와 있으면 위험했어. 우리를 공격하니까 말이야. 하지만 이제 T는 죽었잖아? 비행선이 추락하는 것부터 네 로봇이 이런저런 일을 하는 것까지 전부 지켜봤거든."

난 무슨 말을 해야 할지 몰라 가만히 있었다. 소녀는 피식 웃었다.

"너 ZG-75 맞지? 너한테 전해줄 게 있어."

소녀는 집 안으로 들어가 한참 후에 나왔다. 일회용 영상 편지를 들고서였다.

"누가 전해주라고 했는데?"

"네 부모님."

"그들이 살아 있어?"

나는 영상 편지를 손에 쥐고 불쑥 물었다. 그 말을 하자마자 속에서 울컥하는 게 느껴졌다. 결국 나는 부모님이 돌아가셨을 가능성을 염두에 두고 있었던 것이다.

"그래, 내가 마지막으로 봤을 때는."

"부모님이 T의 비행선을 타고 올라가지 않았어?"

"아니야. 내 비행선을 타고 올라갔어."

"네 비행선이라고?"

나는 깜짝 놀라 소리쳤다. 집 안에는 분명 탁자와 담요밖에 없었는데…. 하지만 소녀에게 비행선이 있다면 나를 윗세계로 데려다 줄 수 있을 것이다. 내 표정에서 약간의 기대도 읽을 수 있었던 것인지 소녀는 고개를 저었다.

"이젠 없어. 산산조각 나서 사라졌어."

"그렇구나."

"여기서 비행선을 만드는 건 흔한 일이야. 그러면서 돈을 벌거든. T의 부품을 훔쳐다가 비행선을 만들지. T가 우리를 없애고 싶어 하는 것도 무리는 아니야."

나는 고개를 끄덕였다. 손에 쥔 영상 편지가 웅웅거리는 것 같았다.

"저기, 이것 좀 재생해도 될까?"

"마음대로 해. 자리를 비켜주길 원하니?"

"괜찮아."

나는 영상 편지를 재생했다. 치직거리며 영상이 점차 선명해졌다. 엄마와 아빠의 얼굴이 보였다. 엄마가 입을 열었다.

"ZG-75. 공을 도둑맞았어. 그건 그렇고 사흘 정도 더 걸릴 것 같구나. 하지만 네가 이 영상을 보고 있다는 건 우리가 돌아오지 않았다는 것이겠지? 우리는 예정대로 TM-12를 찾아갈 거란다. 널…."

뒷부분은 파손되어 더 이상 재생되지 않았다. 하지만 중요한 내

용은 다 들은 것 같았다. 영상이 끝나기까지 딱 1초가 남아 있었기 때문이었다. 엄마는 뭐라고 말하려 했을까?

공을 도둑맞았다는 것은 충격이었다. 나는 하루도 빠짐없이 몸에 지니고 다녔던 공을 생각했다. 하지만 어쨌거나 부모님은 돌아오지 못했다. 중요한 건 그거였다.

"부모님은 내가 이곳에 올 것을 알았던 걸까?"

"올 거라고 했어. 말려봐야 소용없다고 하더라."

이번에는 내가 피식 웃었다. 이런 상황인데도 불구하고 웃음이 나왔다. 문득 내 앞에 있는 소녀가 누구인지 궁금해졌다.

"넌 이름이 뭐야?"

"마멜."

"마멜?"

나는 소녀의 이름이 알파벳과 숫자가 아니라는 것에 놀라며 반문했다.

"내가 지었어. 난 처음부터 이름이 없었거든."

"이상하다. 예쁘기도 하고."

"큭."

마멜의 웃음소리는 특이했다.

"있잖아, 2세계로 올라갈 생각이라면 내가 도와줄게. 로라는 사람이 비행선을 하나 가지고 있어. 돈을 충분히 준다면 아마 운반해 줄 거야."

"나는 돈을 많이 가지고 있지 않아."

"4, 50버클로면 돼."

마멜이 고집스럽게 말했다. 그제야 나는 마멜이 몸만 비쩍 마른 게 아니라 얼굴도 광대뼈가 튀어나오도록 야윈 것을 알아챘다.

"오랫동안 음식을 조금밖에 먹지 못했지?"

"네가 뭔 상관인데?"

"묻고 싶은 게 있어. 네가 사실대로 답해주면 로인지 뭔지한테 운반을 맡길게."

마멜은 팔짱을 끼고 나를 노려보았다. 나도 지지 않았다. 마침내 마멜이 한숨을 내쉬었다.

"알았어. 말해봐."

"총 여섯 개의 세계가 있다는 게 사실이야?"

"그래."

"T가 말한 0세계, 1세계…. 이런 것들도 존재한다고?"

"물론이야. 반대로 4세계와 제5세계도 존재하지만."

나는 0세계를 말할 때 '제'를 붙이지 않았다는 것을 깨달았다. 하지만 이제 와서 그게 무슨 소용일까? 되지도 않는 격식을 차릴 여유는 남아 있지 않았다. 나는 마멜을 향해 얼굴을 돌렸다.

"그렇다면 넌 왜 여기 있는 거지? 마음대로 어디든 갈 수 있는데."

마멜은 고개를 저었다. 기가 찬듯한 얼굴이었다.

"난 아무 데도 못 가. 세계와 세계를 이동하는 것은 자살 행위나 다름없어. 내 집은 공기층세계야."

"하지만 이런 열악한 상황 속에서 계속 있겠다고?"

"T가 죽었으니 뭔가 달라지겠지. 나는 사람들과 힘을 합해 이곳을 바꿀 생각이야. 그런 면에서 너보다 낫지 않아? 너는 그냥 너 혼자 2세계로 도망칠 생각인 거잖아."

마멜의 마지막 말은 내게 깊은 여운을 남겼다. 말문이 막힌 나는 마멜이 자리에서 일어서는 것을 보고만 있었다.

"안 가? 3세계에서 태어났지만 귀하신 몸은 이제 떠나야지."

마멜은 다시 그 이상한 계단을 내려가기 시작했다. 나는 R을 한 번 보고는 마멜을 따라갔다. 울퉁불퉁한 계단을 내려갈 때는 생각할 새가 없었지만 로의 집에 들어서자 불안감이 스멀스멀 올라왔다. 저들도 결국 T 같은 사람이 아닐까?

로는 마멜이나 나보다 서너 살 많은 것 같은 남자였는데 덩치가 컸다. 그는 엄청나게 작은 4인용 비행선 앞에 쭈그려 앉아서 그것을 손보고 있었다.

"로, 승객이 왔어."

마멜이 부르자 로는 우리를 돌아보고 일어섰다. 로의 눈은 나와 R에게로 옮겨갔다.

"딱 맞네, 네 명. 비용은 55버클로야."

난 비용에 대해 태클을 걸지는 않았다. 있는 돈을 전부 갖고 나왔으니 그 정도는 낼 수 있을 터였다. 하지만 이 말은 해야 했다.

"나와 R을 무사히 데려다주면 그때 줄게."

로의 한쪽 눈썹이 위로 올라갔다. 마멜이 어색하게 끼어들었다.

"애 때문에 T가 죽었어. 우리가 하지 못했던 일이었잖아. 원하는 대로 해줘."

칭찬이었겠지만 기분이 묘했다. 하지만 로는 나를 달라진 눈으로 쳐다보았다. T는 벽 안 사람들에게 공공연한 적인 모양이었다.

"좋아. 대신 이거 미는 것 좀 도와줘."

로가 한결 부드러워진 목소리로 말했다. 나와 R, 로는 비행선을 바깥쪽 공간으로 밀어냈다. 로가 조종석에 앉자 마멜이 보조석에 앉았다. 나는 R과 함께 뒷자리로 갔다. 비행선 안쪽은 마멜의 집만큼이나 초라했다. 떨어질 듯이 달랑거리는 손잡이와 전선들이 어지럽게 놓여 있었다.

하지만 아무도 그런 걸 신경 쓰지 않는 것 같았다. 로가 레버를 밀자 비행선이 앞으로 움직였다. 엔진 소리가 귀에 거슬릴 정도로 털털거렸다. 로가 천장에 매어둔 지도를 꺼내며 물었다.

"어느 쪽으로 가고 싶은 거야?"

"2세계."

"엔진 상태가 좋지 않기 때문에 대여섯 시간 정도 걸릴 거야. 한숨 자둬."

나는 대답 대신 질문했다.

"혹시 TM-12라는 사람을 알고 있니? 훨씬 전에 이곳을 거쳤을 텐데. 그리고 그의 아들도."

로와 마멜은 알 수 없는 눈빛으로 서로를 쳐다보았다. 마치 내가 물어서는 안 될 것을 물은듯한 눈빛이었다. 마멜이 입을 열었다.

"그 사람, 말이 많았지."

"왜?"

"글쎄, 워낙 많은 자가 이곳을 드나들기 때문에 우리는 딱 보면 알 수 있어. 윗분들의 끄나풀이라는 둥, 더러운 위선자라는 둥 소문이 있었지. 게다가 그 사람은 T랑 친했어."

"T랑 친했다고?"

마멜은 더 이상 대답하지 않았다. 나는 몸을 비스듬히 눕혔다. 2세계에 올라가서 그를 찾아야 했다. 저 말이 전부 사실은 아닐 것이다. 마멜은 나에게 적대적인 태도를 보이는 공기층세계의 소녀일 뿐이니까.

부모님은 나에게 TM-12의 위치를 이야기해 준 적이 없었다. 부모님도 알지 못했다. 일단 2세계에 도착하면 만나기로 약속을 잡았기 때문이다.

나는 TM-12의 아들을 알고 있었다. 늘 하릴없이 멀뚱멀뚱 서 있다가 히죽 웃는 바보 같은 소년이었다. 그의 아버지는 그와 다르게 날카롭고 돌아가는 상황을 잽싸게 알아차리는 사람이었다. 아빠는 바로 그 점 때문에 TM-12를 좋아했다. 말이 통한다는 이유였다.

나는 로의 말대로 한숨 잘 생각은 조금도 없었다. 낮에 자둔 덕분인지 졸리지도 않았다. 마멜이 의자에 기대 잠들자 로가 말했다.

"너, 운이 좋았어. 내가 이렇게 늦게까지 깨어 있는 경우는 많지 않거든."

나는 내심 운이 좋은 건 로라고 생각했지만 그런 말은 하지 않았다.

"마멜이 친동생이니?"

"아니야. 사업 동료라고나 할까? 비행선이 부서진 뒤로는 나한테 의지를 할 수밖에 없겠지."

"비행선은 왜 부서진 건데?"

"T의 공격으로. 마멜도 죽을 뻔했어."

나는 한숨을 내쉬었다. 공기층세계 사람들도 결국 생존을 위해 발버둥 치는 것 같아서였다. 로가 화제를 돌렸다.

"그 로봇은 뭐야? 호신용?"

"응."

R이 전투를 전혀 못한다는 것을 이야기하고 싶지는 않았다. 너무 많은 정보는 위험했다. 다행히 R은 나를 한 번 쳐다보는 것 외엔 별다른 말을 하지 않았다.

"나도 로봇을 하나 가지고 싶었어. 대신 비행선을 가지게 되었지만."

"세계들을 많이 돌아다녀 봤니?"

"4세계만 가봤어. 거긴 경계가 느슨하거든."

"어땠는데?"

"끔찍해. 그곳을 보고 공기층세계는 나름 훌륭한 곳이라는 걸 깨달았지."

로가 이야기하도록 유도하는 것은 꽤 좋은 생각 같았다. 내 정보를 흘릴 가능성도 적고 나는 새로운 정보를 얻을 수 있었으니까. 그런 식으로 두 시간 정도 이야기하자 마멜이 잠에서 깨어났다.

"T의 수하들이야."

마멜이 가리키는 곳에는 천장이 유리로 된 비행선들이 여러 개 떠 있었다. 로는 비행선을 옆으로 꺾었지만 T의 수하들은 우리에게 관심도 없는 것 같았다. 로가 어깨를 으쓱했다.

"T를 찾고 있는 것 같아. 급한 일 때문에 우리는 보이지도 않는 거야. 수하들이 T를 찾기 전에 2세계에 도착해야 할 텐데."

창문 너머는 지루했다. 끝없는 공간에는 이제 사람들도 거의 없었다. 하지만 나는 가슴이 뛰었다. 생애 처음으로 내가 뭔가 한듯한 기분이 들었다. 나는 명령에 불복종한 부모님을 찾기 위해 명령에 불복종하고 있었다. 그것만으로 충분했다.

하지만 그 기분은 세 시간쯤 더 지나서 사라졌다. 마멜이 비명을 질렀기 때문이었다.

"T의 수하들이야! 우리를 쫓아오고 있어."

그들이 우리와 같은 방향으로 매섭게 비행하고 있는 건 확실했다. 나는 그 사실을 인정하고 싶지 않았다. 하지만 유리 비행선이 점점 더 가까워지자 어쩔 수 없었다. 로는 속도를 최대한으로 높였지만 털털거리는 소리가 더 커졌을 뿐 큰 차이는 없었다.

쉭. 폭탄이 로의 비행선 옆면을 스치고 지나갔다. 그 폭탄은 공기층세계의 벽면에 부딪혔는데 벽 안쪽이 움푹 들어간 것이 보였다. 쇠막대기로도 파이는 벽이니 폭탄은 말할 것도 없었다.

로는 비행선을 지그재그 모양으로 운전했다. 그 바람에 폭탄을 직접적으로 맞는 일은 없었다.

"어떻게 내가 여기 타 있는 걸 안 거지?"

내가 숨을 몰아쉬며 소리쳤지만 아무도 대답하지 않았다. 총 네 개의 비행선이 우리를 쫓고 있었다. 로가 천장에 달린 레버를 당기자 마멜이 그 옆에 있는 빨간색 버튼을 눌렀다. 로의 비행선에서 탁 소리가 나며 뒷부분으로 폭탄이 발사됐다.

그 폭탄은 T의 수하들이 쏘는 것보다 훨씬 작았는데 빠르게 그들 쪽으로 가서 정통으로 맞혔다. 그 바람에 비행선 하나가 추락해서 남은 건 세 개뿐이었다. 로가 침착한 목소리로 말했다.

"잘했어. 여기서 추락하면 우린 바로 죽음이야. 하지만 걱정 마, 이런 경우는 종종 있었으니까. 마멜, 대형 폭탄을 두 개 준비해 줘."

"알았어."

마멜은 일사불란하게 여러 버튼들을 눌렀다. 그 순간 로는 레버를 당기며 후진했다. 순식간에 아래쪽으로 들어와 수하들의 비행선 뒤쪽에 위치하게 된 로의 비행선은 그들이 알아챌 새도 없이 폭탄을 연속으로 발사했다.

폭탄이 두 개가 터지며 역시 유리 비행선 둘이 추락했다. 그들은 보이지 않는 틈으로 사라졌다. 희미한 폭발음이 울렸다. 나는 끔찍한 생각에 눈을 질끈 감았다. 죽이지 않으면 죽는다며? 또 다른 내가 나를 비웃었다.

"대형 폭탄은 앞에서밖에 발사가 안 되거든. 그건 그렇고 폭탄이 다 떨어졌는데 어쩌지?"

남은 비행선 하나가 전속력으로 쫓아오고 있었다. 로는 때로 방향을 틀며 추격전을 벌이고 있었지만 이 속도로 가다가는 금방 붙잡힐 게 뻔했다. 로가 그 말을 하는 사이에도 유리 비행선이 쏘아대는 폭탄이 비행선 옆으로 아슬아슬하게 지나쳤다. 마멜이 말했다.

"어떡하긴, 따돌려야지!"

"여기서 따돌릴 데가 어디 있다고 그래?"

확실히 하얗고 잘 부서지는 벽은 한 방향으로만 쭉 연결되어 있어서 숨을 곳은 없어 보였다. 잘 부서지는? 나는 앞쪽을 향해 소리쳤다.

"로! 벽 안으로 들어가는 건 어때?"

"미쳤어? 그러다간 비행선이 폭발할 거야!"

"아니야, 가능할 수도 있어. 유리 비행선이 따라오면 천장 유리가 깨질 거야. 하지만 우리 비행선 재질은 T에게서 훔쳐낸 최고급 소재잖아."

마멜이 로의 말을 가로막았다. 로도 한계점에 다다른 것을 눈치챈 모양이었다. 비행선에서 불과 1m 정도 떨어진 곳에서 폭탄이 터지자 결국 로는 방향을 꺾었다. 비행선이 벽으로 충돌하자 벽이 움푹 무너졌다. 로는 그 안쪽으로 밀고 들어갔다. 모터 소리와 벽이 무너지는 소리가 시끄럽게 뒤섞였다.

나는 뒤쪽으로 고개를 돌렸다. 유리 비행선은 곡예 운전하듯이 우리를 쫓아오고 있었다. 로의 비행선이 밀고 들어간 통로로 들어오려고 하는 것 같았지만 크기가 훨씬 큰 바람에 마멜의 예상대로 유리가 전부 깨졌다. 쨍그랑거리는 소리는 모터 소리에 묻혀 들리지 않았지만, 유리 비행선은 더 이상 우리를 따라오지 않았다.

나는 다시 고개를 돌리고 비행선이 멈춘 것을 깨달았다. 로가 천장을 주먹으로 치자 마멜이 말했다.

"연료가 바닥난 것 같아. 차라리 이게 나았어. 비행 중에 연료가 떨어지면 추락하는 것밖에 방법이 없거든."

"이제 어떡하지?"

나는 한숨을 내쉬었다. R은 자신이 끼어들 자리가 아니라고 생각했는지 잠자코 있었다. 로가 말했다.

"넌 내가 지금까지 태운 손님 중 가장 운이 좋은 손님이야. 유리 비행선이 그렇게 폭탄을 쏘아대는데 한 번도 맞지 않았잖아."

"그건 그렇다 치고, 벽 안쪽이라 위치가 가늠이 안 돼. 내가 내려서 살펴볼게."

마멜은 로가 뭐라 대답하기도 전에 문을 열고 훌쩍 뛰어내렸다. 마멜이 하얀 벽을 미끄러지지 않게 잡고 올라가는 모습이 보였다. 그러다가 어느 순간 마멜은 멈췄다. 조심스럽게 벽을 파헤치는 것 같았다.

마멜은 금방 비행선으로 돌아왔다. 얼굴은 흥분해 상기된 채로였다.

"여기가 입구야! 바뀐 입구라더니 벽 안쪽에 있었어."

"새로운 통로를 뚫었군."

로는 투덜거리더니 나와 R에게 내리라고 했다. 나는 비행선에서 내린 후 마멜이 서 있는 쪽을 향해 다가갔다. 마멜이 천장 쪽을 가리켰다. 처음엔 어두워서 잘 보이지 않았지만, 곧 맨홀 뚜껑의 일부를 볼 수 있었다. 마멜은 벽을 쓸어내리듯 천천히 파헤쳤다. 하얀 먼지가 밑으로 쌓일수록 맨홀 뚜껑이 점차 모습을 드러냈다.

"올라가서 쭉 걸어가면 2세계로 나갈 수 있을 거야. 이제 약속한 비용을 지불해."

"안 돼."

내가 불쑥 말하자 로와 마멜의 눈길이 나에게로 쏠렸다. 목숨까지 걸고 데려다줬는데 안 된다고? 하는 것 같았다. 나는 그 눈길이 부담스러웠지만 꿋꿋하게 말했다.

"여기가 2세계인지, 아닌지 어떻게 알아? 끝까지 같이 가면 돈을 줄게."

"아닐 리가 없잖아!"

로가 버럭 소리치자 마멜이 고개를 돌려 입 다물라는 식으로 눈짓했다.

"여기가 2세계라는 건 확실해. 숱하게 와본 적이 있거든. 하지만 네가 원한다면 같이 가줄게. 대신 뭔가 더 줘야 해."

마멜이 차분하게 말했다. 하지만 말이 점점 빨라지는 것을 통해 긴장했다는 것을 알 수 있었다. 나는 어차피 2세계에 올라가면 버클로 화폐는 쓸모없을 거라는 생각으로 말했다.

"5버클로를 더 줄게. 60버클로는 내가 가진 전부야."

"좋아."

예상외로 마멜이 순순히 대답했다. 마멜은 로의 도움을 받아서 맨홀 뚜껑을 분리했다. 그리고 그 위쪽으로 기어 올라갔다.

"아무도 없어! 올라와."

내가 올라간 후 R, 로 순서대로 뒤를 이었다. 사방이 무너져 있는 지하 기차역이었다. 마멜이 설명했다.

"여긴 정식으로 T가 만들어 놓은 통로는 아니야. 우리 같은 불법 비행선들이 공용으로 쓰는 곳이지. 감시단은 T랑 거래하는 게 아니라 우리랑 거래해야 하지 않겠어? 우리가 진정한 세계 이동 주관자인데 말이야."

좁은 복도에는 옆으로 기울어진 기차와 더러운 전단지, 먼지가 수북한 시계가 뒤범벅되어 있었다. 엄마와 아빠는 어쩌면 이곳에서 TM-12를 만났을 수도 있다. 무슨 일이 일어난 걸까? 기차역 안은 발소리가 유난히 크게 들릴 정도로 조용했다.

내 생각을 모르는 로와 마멜은 빠른 속도로 그 복도를 지나쳤다. 최대한 빨리 이곳을 벗어나고 싶다는 태도였다.

약 15분 정도 걷자 출구가 나타났다. 진입 금지라고 써진 노란색 테이프로 대충 가로막혀 있는. 허술하다는 생각이 들었지만 아무도 이 오래된 기차역에 들어오려고 하지 않았다는 게 더 놀라웠다. 출구 너머로 사람들 소리가 들렸다.

"우리는 여기까지야."

마멜이 말했다. 그제야 정신을 차린 나는 가방을 뒤져 60버클로를 건넸다. 물에 빠졌다가 마른 동전 뭉치는 반질반질해져 있었다. 마멜은 그 돈을 보고 눈을 크게 뜬 채 가만히 서 있었다.

"의외네. 요즘 홀로그램 화폐 말고 다른 걸 쓰는 사람을 못 봐서."

"홀로그램 화폐는 손목 칩을 써야 하잖아. 중앙 통제실에서 감시하거든."

"그렇구나. 어쨌든 부모님을 찾길 바라."

마멜은 버클로를 받아들고 로와 사라졌다. 방향을 틀어 더 이상 보이지 않는 둘을 눈으로 좇던 나는 R에게로 고개를 돌렸다.

"막상 이곳에 오니까 못 움직이겠어. 평생 동안 갈망했던 게 이렇게 쉬운 거였다고?"

"쉽지 않았어요. T의 비행선이 추락하고 그녀의 수하들과 추격전을 벌였잖아요."

"그건 정말 아무것도 아닌 것처럼 느껴져."

나는 진심으로 말했다. 하지만 여정은 여기서 끝이 아니었다. 이제 시작이었다. 겁이 났다. 나에게 주어진 것은 TM-12라는 한 개의 단서뿐이었다.

하지만 R은 성큼성큼 앞으로 나아갔다. 나는 R에게 화를 내고 싶었지만 그럴 수 없었다. R은 내가 내지 못한 용기를 낸 것이니까. 그리고 언젠가는 나도 나아가야 했다.

나는 앞을 가로막은 테이프들 밑으로 나왔다. 햇빛이 눈을 찔렀다.

'이게 말로만 듣던 인공 태양인가?'

3세계에는 실제 태양 빛을 돔 안쪽으로 이식하는 기술을 이용했다. 하지만 2세계의 인공 태양은 실제 태양보다 훨씬 밝고 따뜻했다. 그 태양을 똑바로 쳐다보고 싶었지만 그럴 수가 없었다. 눈이 너무 부셨다.

나는 R과 함께 걷기 시작했다. R 같은 인간형 로봇도 꽤 보였기 때문에 아무도 우리를 이상하게 보지 않았다. 하지만 나는 주눅이 들어서 고개를 푹 숙이고 걸었다.

"비켜!"

나는 뒤로 물러섰다. 도로에서 50cm 정도 떨어진 높이에서 플라잉카들이 달리고 있었다. 그 위로는 쭉 뻗은, 내가 짐작할 수 없는 교통수단들도 여러 개 보였다. 복잡한 상황에서 머릿속이 새하얗게 된 나는 운전자가 씩씩거리며 플라잉카를 몰고 떠날 때까지 서 있었다.

"주인님, 괜찮으세요?"

"괜찮아."

나는 입술을 깨물었다. 2세계에 오면 기쁘다 못해 경이로울 거라고 생각했다. 하지만 지금 기분은 생각했던 것과는 전혀 달랐다. 나는 혼자였다. 그리고 아무도 거들떠보지 않는 하찮은 존재였다.

"윽."

내 생각은 R의 신음 때문에 그쯤에서 멈췄다. R은 두 손으로 머리를 감싸고 있었다.

"R, 왜 그래?"

"환상이 보였어요."

R이 사람이라면 관자놀이라고 했을 부분을 자신의 손가락으로 치자 파란빛 도는 홀로그램 화면이 나타났다. R은 자신이 본 환상을 공유한 것이었다.

한 남자가 정면을 바라보며 말하는 장면이었다.

"RF-002. 이 정도면 만족스럽군."

화면은 그곳에서 끝났지만 나는 매우 큰 충격을 받았다. 그 남자는 TM-12였다. 키가 크고 구릿빛 피부를 가진 중년의 남자. 아직 생생했다.

"R! 이 사람이 누군지 기억해?"

"제 이전 주인님 같아요."

"우리는 이 사람을 만나야 해."

나는 QB-370이 했던 말을 떠올렸다. R의 기억 장치는 손상되었지만 스스로 복구될 수도 있다는. 그중 일부가 복구된 것이 아닐까?

R은 관자놀이를 다시 쳤다. 그러자 다른 홀로그램이 나타났는데 그것은 입체 지도였다. 상세하게 길목과 길목, 상점의 이름, 사람들의 집까지 모두 표시되어 있었다. 그 건물들은 모두 높낮이가 다르게 솟아 있어서 작게 축소된 도시를 보는듯했다. 그리고 그 끝 어디쯤에 빨간 점이 있었다.

"이게 현재 위치예요."

R이 설명했다. 나는 이해가 되지 않았다.

"너한테 왜 2세계 지도가 내장되어 있을까?"

하지만 R이 대답할 수 있을 리가 없었다. R의 출신이 2세계라는 내 생각이 어느 정도 들어맞은 것 같았다. 나는 지도를 꼼꼼히 살펴보았다. 2세계는 마치 하나의 대도시인 듯했다. 빽빽하게 채워진 건물들이 보기만 해도 머리가 아팠다.

그에 반해 3세계는 공장이 면적의 대부분을 차지했기 때문에 제대로 된 건물도 없었다. 그러면서 바글바글한 사람들을 수용하려 하니 여러 문제점이 생길 수밖에 없었다. 파이프로 계단을 대체한다든가, 도저히 살 수 없을 만큼 악취가 나는 곳에 집이 있다든가.

"혹시 TM-12가 사는 곳을 알 수 있어?"

"잠깐만요."

R은 홀로그램에서 화면을 옆으로 넘겼다. 그러자 등록된 목록이 나타났는데 잘 보이진 않았지만 두세 명 정도인 듯했다. 맨 위쪽에 TM-12가 적혀 있었다. R이 그 항목을 누르자 지도가 확대되면서 위치가 초록색 점으로 표시됐다.

"드디어 네가 쓸모가 있구나!"

"네? 그럼 그전까지는…."

나는 기쁜 나머지 R을 끌어안았다. R은 고철로 만들어져 있었기 때문에 별로 포근하진 않았지만 상관없었다.

"우리가 2세계 끝에 있는데 TM-12의 위치는 그 반대쪽이야. 도시를 가로질러 가야겠어."

"도보로는 하루도 넘게 걸릴 텐데…. 교통을 이용해야 하지 않을까요?"

"R, 난 남은 돈을 전부 로와 마멜에게 줘버렸단 말이야. 게다가 버클로가 이곳에서도 통용될지도 모르고."

나는 말하는 중에도 흘끔흘끔 사람들을 살폈다. 도로가 대체 어떤 방식으로 운영되고 있는지 머릿속에 담아두기 위해서였다.

3세계에서는 플라잉카는커녕 바퀴 달린 자동차도 희귀했다. 사람이 지나다니기에도 좁은 길이었기 때문이다. 생소한 교통 신호들을 익히자니 불편했지만 막상 보니 아주 어렵지는 않았다.

'불빛의 색깔로 지나갈 플라잉카 구분을 하는구나.'

우리가 도로를 건널 차례가 되었다고 확신이 들자 나는 R을 잡아끌었다. 하지만 우리를 밀친 한 소년 때문에 건너지 못했다.

"죽으려고 작정했어?"

소년은 나와 동갑으로 보였는데 깨끗한 옷을 입고 있었다. 물도 배급받아 사용하는 3세계 사람들에게는 볼 수 없는 깔끔함이었다. 내 생각을 모르는 소년은 위쪽을 가리켰다.

"사람은 저곳으로 지나가야지. 설마 이걸 모르는 건 아닐 테고…. 정말 죽으려고 한 거야?"

화를 내는듯한 말투였지만 소년의 눈은 장난기 있게 반짝이고 있었다. 플라잉카가 지나다니는 도로에서 위로 한참 떨어진 곳에 육교가 있었다. 사람들이 바쁘게 걸어 다니는 모습이 보였다. 육교도 굉장히 넓고 복잡한 것은 마찬가지였다.

"아니. 알려줘서 고마워."

나는 소년을 뒤로하고 R과 함께 육교 쪽으로 걷기 시작했다. 하지만 소년은 우리를 계속 따라왔다. 약 2분쯤 지났을 때 나는 고개를 돌리고 소리쳤다.

"왜 따라오는 거야?"

"더러운 옷, 지친 얼굴, 이상한 로봇."

소년이 말했다.

"게다가 대화의 일부를 들었거든. 내 도움이 필요할 거라고 생각했지."

나는 소년을 노려보았다. 어디까지 들었는지 알 수 있다면 좋을 텐데. 내가 3세계 출신이라는 것을 소년이 알게 된다면 일이 복잡해질 것이다.

"내 이름은 시호야."

소년이 손을 내밀었다. 나는 그가 협박하는 건지 알 수 없었기 때문에 그 자리에 서 있기만 했다.

"목적지가 어디지?"

"R, 보여줘."

나는 시호에게서 눈을 떼지 않았다. R은 다시 홀로그램 지도를 꺼내서 초록색 점을 보여주었다.

"여기를 걸어서 간다고?"

"그래. 네가 뭔 상관인데?"

"말했잖아, 도와주겠다고."

"거짓말하지 마."

시호는 한숨을 내쉬었다. 입가에는 여전히 장난기 있는 미소를 머금은 채였다.

"ZG-75, 난 네 정체를 알아. 어설프게 옷깃으로 목을 가려도 소용없어."

"뭘 원해?"

내 입에서 반사적으로 튀어나간 말을 들은 시호는 놀랍게도 고개를 저었다.

"아무것도. 나는 TM-12에게서 약간의 돈을 받고 너를 데리러 온 것뿐이야. 나도 세계 이동자거든."

오싹하리만치 반가운 말에 난 오히려 도리질을 쳤다. 계속 일이 너무 쉽게 풀리는 기분이었다. 마치 나를 위해 예정된 길을 한 걸음씩 밟고 있는 것 같았다. 이럴 리가 없다는 생각이 문득 들었다.

"내가 그 말을 어떻게 믿어?"

시호는 대답 대신 자신의 손목 칩에서 홀로그램 영상을 꺼냈다. 통화음이 나더니 누군가와 연결됐다. TM-12였다. 그는 영상 속에서 말을 시작했다.

"ZG-75, 아저씨 기억하지? 지금 혼란스럽고 내 말도 머리에 잘 들어오지 않을 거야. 하지만 네가 정신을 똑바로 차려야 한다. 그것만이 부모님을 구할 수 있는 길이야."

"부모님은 어디 있죠? 어떻게….."

"잘 들거라. 네 부모님은 1년 전 2세계에 올라왔어. 하지만 올라온 직후 감시단에게 잡혔단다. 현재는 2세계의 감옥에 있지."

나는 가슴이 조여오는 듯한 기분이 들었다. 동시에 늘 머릿속을 감싸고 있던 답답함이라는 끈이 탁 끊어지는 기분도. 그래서 나에게 돌아오지 못했던 거지? 내가 아는 엄마, 아빠는 무슨 일이 있든 나에게 돌아올 분들이었다.

"하지만 2세계의 지도자 격인 U가 네 부모님을 찾아갔단다. 사실 그는 괴짜 같은 면이 있거든. 아마 세계 이동자라니 호기심이 동했던 모양이야. 3세계에 있는 딸 이야기를 들은 U는 한 가지 조건을 내세웠지. 그 딸이 자신에게 찾아오면 그들을 풀어주겠다는."

"아저씨가 저한테 연락을 해주셨어야죠!"

나는 욱해서 소리쳤다. TM-12는 잠시나마 괴로워 보였다.

"미안하다. U는 네가 스스로 찾아오기를 원했어. 그는 세계 이동이 현실적으로 불가능하다고 생각했던 것 같구나. 그 이야기를 들은 나는 비록 너에게 연락을 하지는 못해도 언젠가 네가 올라올 때를 대비했지. 지금 네 앞에 있을 시호는 내가 고용한 사람이니 믿고 따라오거라."

통화가 끝났다. 나는 할 말을 잃고 홀로그램이 사라진 허공을 바라보았다. 시호가 말했다

"이렇게 된 이상, 시간을 허비하지 않는 게 좋을 거야. 내가 이 무너진 지하 기차역에서 얼쩡거린 지가 1년이야. 오직 너를 위해서였지. 하지만 길을 찾아낸 것도 너고, 목적지를 찾아낸 것도 너야. 난 그 길을 더 짧게 만드는 것뿐이고."

"알았어."

이제는 내가 부모님을 구할 시간이었다. 내 굳은 결심을 이해한 건지 시호의 얼굴에서도 장난기가 사라지고 진지함이 떠올랐다.

시호는 도로에서 일정한 높이의 다리가 뻗어 있는 버스를 골랐다. 그는 손목 칩에서 홀로그램 화폐를 이용해 세 사람 몫의 비용을 냈다. 버스 안으로 들어가자 의자에 앉아 있는 사람들을 볼 수

있었는데 제각기 다른 일을 하고 있었다. 움직이는 느낌이 전혀 없었기 때문에 멀미 걱정은 안 하는 것 같았다.

"너도 3세계 출신이니?"

나는 시호의 맞은편 자리에 앉아서 물었다. R은 내 옆자리에 앉았다. 시호가 놀란 표정으로 고개를 돌리자 나는 턱으로 그의 손목 칩을 가리켰다. 시호가 어깨를 으쓱하며 말했다.

"2세계에도 손목 칩을 이식한 사람들이 많아. 팔찌를 차고 다니거나 렌즈를 끼는 사람들도 있지만. 다른 이유로 알아낸 것 같은데?"

"그건 3세계에서 보급하는 칩이야. 신생아 때 이식하지."

내가 조용히 말했다.

"눈썰미가 좋구나. 맞아, 내 고향은 3세계야. 하지만 이제 그런 건 상관없어. 중요한 건 출신이 아니라 능력이니까."

중요한 건 출신이 아니라 능력이다. 난 그 말이 마음에 들어서 속으로 읊조려 보았다. 하지만 궁금증은 그걸로 끝나지 않았다.

"어떻게 중앙 통제실에서 감시당하지 않을 수 있어? 네가 2세계에서 화폐를 쓴다면 추적당할 텐데."

"나는 기술자거든. 해커기도 하고. 손목 칩을 조작했지."

기술자라는 말을 듣자마자 QB-370이 떠올랐다. 감시단이 날 쫓아왔다는 것은 위장 시체가 가짜라는 걸 알아챈 거겠지. 그렇다면 QB-370도 내가 죽지 않았다는 희망을 가질 것이다. 하나뿐인 친구를 내버려 두고 떠난 죄책감이 조금이나마 덜어진 것 같았다.

시호는 창문 밑에 달린 버튼을 몇 번 눌렀다. 그러자 창문 밖의 풍경이 해저로 변했다. 시호의 몫으로 배분된 사각형 모양 창문에만 해당하는 이야기였지만. 다른 사람들의 창문도 여러 가지 배경이 매달려 있었고 2세계의 풍경을 보기 위해 투명한 유리로 내버려 둔 창문도 몇 보였다. 시호의 창문에서는 각양각색의 물고기들이 헤엄쳐 지나가고 마지막에는 인어까지 나왔다.

"이래서 버스가 마음에 들어. 지루하지 않거든. 영화도 볼 수 있어, 원한다면 말이야."

"난 됐어. 이곳의 풍경이 훨씬 더 볼거리가 많으니까."

나는 솔직하게 말했다. 2세계의 도로는 놀라웠다. 버스가 육교와 비슷한 높이에 있어서인지 사람들을 구경할 수 있었다. 하지만 나와 비슷한 나이의 아이들은 학교 갈 시간일 텐데 하나도 보이지 않았다.

"학생들은 왜 없어?"

"집에서 원격 수업 들을 준비를 하고 있겠지."

"원격 수업이라고?"

"3세계는 집집마다 홀로그램 PC가 없기 때문에 어려울 거야. 원격 수업이라는 게 생소할 수도 있겠네."

학교. 사실 나에게는 학교라는 단어 자체가 생소했다. 내가 학교에 가지 않음으로써 받은 것은 식량 배급 중지였다. 하지만 2세계 아이들은 학교에 가지 않는 것이 당연했다. 대체 나와 2세계 아이들의 차이가 뭘까? 그저 출신?

내 생각을 알 리 없는 R은 내가 말할 때는 나를 보고, 시호가 말할 때는 시호를 보는 식으로 고개를 이리저리 돌리고 있었다.

"R, 정신 사나워. 그만해."

"죄송합니다."

R이 머쓱한 듯이 말했다. 시호가 벌떡 일어났다.

"ZG-75, 2세계 학교에 가보고 싶니?"

"응."

나는 자존심 때문에 아니라고 대답하고 싶었지만 생각하기도 전에 말이 나왔다. 시호는 주머니에서 렌즈 통을 꺼내 내밀었다.

"이 렌즈에는 내가 개조한 홀로그램 PC가 내장되어 있어. 수업을 해킹했기 때문에 아무도 널 보지 못하지. 대신 이곳은 무빙벨트가 없기 때문에 직접 걷기보다는 직진 버튼을 사용해야 돼."

나는 렌즈를 받아들고 착용했다. 까만 화면이 이어지는가 싶더니 앞에 일렁이는 풍경이 나타났다. 학교였다. 1년 전 내 기억에 남은 학교와는 달랐다. 가상현실이기 때문에 그런 것일 수도 있겠지만 우선 굉장히 넓었다. 학생들이 속속들이 접속하는 것이 보였는데, 하늘에서 떨어지는 형태였다. 학생들의 아바타 위에 학번과 이름이 떠서 따라다녔다.

나는 주변을 둘러보았다. 넓고 기다란 복도에 아이들이 바쁘게 지나치고 있었는데 자세히 보니 교실마다 과목의 이름이 적혀 있었다.

'시호가 말한 버튼인가?'

오른쪽 밑에 십자 모양의 표식이 있었다. 누르려고 손을 뻗자 파란색 손이 시야에 잡혔다. 하지만 시호의 말대로 아무도 나를 보지 못하는 것 같았다. 표식의 맨 위쪽을 누르자 몸이 앞으로 쏠리며 약 1m 정도 이동했다.

나는 금방 작동법을 배웠다. 십자 표식의 상하좌우는 가상현실 내의 이동을 조종할 수 있었다. 몇 번 움직여 지리 교실 안으로 들어가자 학생들이 책상 앞에 앉아 있는 것이 보였다. 그리고 맨 앞에 선생님 아바타가 있었다. 학생 아바타보다 키가 크고 교복을 입고 있지 않았다. 그들은 수업을 진행 중인 것 같았다.

"여러분이 있는 곳은 어디일까요?"

"2세계요."

학생들 중 몇이 대답했다. 선생님은 고개를 끄덕였다.

"그러면 돔 안에 있는 세계들을 전부 말해줄 사람이 있나요?"

이번에는 아무도 대답하지 않았다. 2세계에서도 발표를 꺼리는 건 마찬가지구나. 나는 왠지 모를 안도감이 들었다. 결국 지목당한 한 학생이 마지못해 말했다.

"제0세계, 1세계, 2세계, 3세계, 4세계요."

5세계는 공식적으로 배우는 곳이 아닌 모양이었다. 선생님이 웃으며 말했다.

"잘했어요. 그중 상층, 중층, 하층을 구분할 수 있어요. 해당하는 세계 이름을 말해주겠어요?"

"1세계가 상층, 2세계가 중층, 3세계가 하층입니다."

나는 학생들이 이런 사실을 거리낌 없이 말하고 있다는 것에 충격을 받았다. 3세계에서는 오직 윗세계와 아랫세계만을 나누고 평생을 바쳐 일하는데, 이곳에서 3세계는 '하층' 그 이상도 이하도 아니었다. 선생님은 해커가 만든 비공식 아바타가 바로 앞에 있다는 건 꿈에도 모른 채 말을 계속했다.

"우리가 3세계를 도울 수 있는 방법은 뭐가 있을까요?"

학생들의 얼굴이 뚱해졌다. 그중 한 학생이 손을 들었다.

"3세계에 태어난 건 그들의 잘못인데 우리가 도와야 할 필요가 있나요?"

그 말을 듣는 순간 나는 피가 확 쏠리는 듯했다. 하지만 대다수의 학생들이 고개를 끄덕이며 암묵적인 동의를 했다. 선생님은 잠시 생각하더니 답했다.

"그래도 우리처럼 행복한 사람은 남을 도와야 해요. 남을 돕는 건 사실 우리가 도움을 받는 거랍니다. 도움으로써 우리는 더 행복해질 수 있고, 우리의 성품을 다듬을 수 있어요. 그렇기 때문에 3세계의 사람들이 존재한답니다."

선생님의 말은 더 기가 막혔다. 하지만 선생님은 아무렇지도 않은 듯이 말을 이었다.

"3세계를 돕는 방법은 어렵지 않아요. 3세계에서 우리에게 보낸 물품들을 사용할 때 고마워하는 마음을 가지면 돼요. 따라 해볼까요? 고마워, 3세계."

학생들은 유치함에 질린듯한 표정이었지만 선생님의 말을 따라

했다. 나는 더 이상 이 학교에 머물 수가 없어서 눈으로 손을 가져다 대고 렌즈를 빼냈다. 조금 후에 앞이 제대로 보이면서 내가 아직 버스에 있다는 걸 확인할 수 있었다.

"어땠어?"

"쓰레기 같아."

나는 시호가 내민 렌즈 통에 렌즈를 다시 넣으며 대꾸했다. 시호는 슬며시 미소를 지었다.

"봤다시피 2세계도 딱히 훌륭한 건 아니야. 하지만 적어도 그들의 목표는 '행복'이지."

나는 답하지 않고 의자를 뒤로 눕혔다. 2세계의 첨단 시설도 전부 3세계에서 만들었다고 생각하니 역겨웠다.

'나도 2세계에 살게 되면 3세계를 하층 취급할까?'

문득 든 생각에 목소리가 다시 울렸다. 넌 3세계에 있을 때도 그랬잖아. 윗세계를 동경하고 네가 사는 곳을 하층 취급했잖아. 널 보는 부모님의 마음은 어땠을까? 그들이 무모하게 2세계 이동을 결심한 건 다 너 때문이야.

'아니야.'

난 고통스러웠다. 지금까지 억눌러 온 진실들이 전부 폭로될까 봐. 그중 하나는 부모님이 나 때문에 그렇게 됐다는 것이었다.

행복할 수도 있었잖아. 다른 사람들처럼 수긍하고 살아갈 수도 있었잖아. 왜 같잖은 재능을 들먹이며 너 자신은 아랫세계에서 살아갈 사람이 아니라고 자부했는데?

나는 생각을 멈췄다. 부모님을 구할 수 있을 것이다. 시간은 좀 걸렸지만, 어쨌든 난 찾아왔으니까.

"도착이야."

시호가 말했다. 그러고 보니 바깥의 풍경이 멈춰 있었다.

"벌써?"

"네가 2세계 학교에 가 있는 동안 초고속 터널을 지나왔어."

나는 R 쪽으로 눈을 돌렸다. R이 고개를 끄덕였다. 우리는 버스의 뒷문으로 내렸다. 여전히 끝없이 뻗은 육교 위로 정거장이 연결되어 있었다.

시호는 더 이상 말없이 걷기만 했다. 계단을 내려가자 건물들이 주르르 서 있는 것이 보였다. 그 건물들은 한때 내가 상상했던 것처럼 광이 날 정도로 번쩍거리지는 않았지만 번듯하고 거대했다.

시호는 가장 앞에 있는 건물 앞으로 걸어갔다. 출입구 앞에는 잠금장치가 있었는데 시호가 손목을 가져다 대자 문이 열렸다.

우리는 문 안쪽으로 들어갔다. 학교에서 봤던 것처럼 넓은 복도가 쭉 뻗어 있었다. 그리고 한가운데에 커다란 공이 있었다. 그 공 위로는 끝없는 유리 어항이 자리 잡고 있었다.

"이건 엘리베이터야."

시호가 설명하더니 공 안으로 들어갔다. 나와 R도 그쪽으로 들어가자 문이 닫혔다.

"157층."

시호의 음성을 인식한 엘리베이터에서 기계음이 흘러나왔다.

"157층, 출발합니다."

공은 유리 어항 사이로 미끄러지며 올라가기 시작했다. 사람들이 사는 것 같은 공간들이 몇십 번이나 눈앞에 어른거리며 왔다 갔다 했다. 어느 순간 엘리베이터가 멈췄다.

"157층입니다."

"엘리베이터는 잘 쓰지 않아. 몇백 층이나 되는 건물 사람들이 전부 쓰려면 시간이 너무 많이 걸리니까. 대부분 개인 플라잉카로 집 안을 오가지."

시호가 느리게 말하며 엘리베이터에서 내렸다. 그는 157층의 첫 번째인 검은색 문 앞에 섰다. 문 앞에 달려 있던 카메라가 시호의 얼굴을 인식하는 것 같았다. 뒤에 서 있던 나와 R도.

다음 순간, 문이 열리며 우리는 한꺼번에 안으로 밀려 들어갔다. 나는 잠시 크고 단단한 팔에 안겨졌는데, 단번에 TM-12라는 것을 알 수 있었다.

"아저씨!"

"어떻게 2세계를 찾아왔니? 네 부모님을 구한 건 너다."

TM-12의 눈에서 굵은 눈물방울이 흘러내렸다.

"배고프지 않니? 우선 이것 좀 먹으렴."

그는 나를 안쪽에 있는 탁자로 안내했다. 탁자 위에는 빵, 축축한 기름종이에 싸인 빵이 아니라 엄청나게 크고 하얀 빵이 잔뜩 쌓여 있었다.

"이건…."

"2세계에서는 쉽게 구할 수 있단다."

나는 빵으로 손을 뻗었다가 잠시 멈칫했다.

"시호는 어디 있죠?"

"그 녀석의 역할은 끝났어. 이제부턴 내가 너를 U에게로 안내할 거란다."

나는 잠시 R을 쳐다보았다. R이 누구인지 물어볼 만할 텐데도 TM-12는 아무 말이 없었다. 그저 만들어진 듯 쾌활한 태도를 유지하며 R은 투명 인간처럼 취급했다.

"89는 어디 있어요?"

그건 TM-12의 아들을 부르는 이름이었다. 그는 당황한 기색이 역력한 얼굴을 내게서 돌려버렸다. 그리고 뭐라 얼버무리며 복도 쪽으로 사라졌다.

"지금 당장 U에게 갈래요."

나는 불안감을 숨기려 목소리를 높였다. 하지만 돌아오는 대답은 없었다. R의 눈길이 먼저 서랍 쪽으로 향했다. 서랍 끄트머리에 종이 자락이 튀어나와 있었다. 나는 천천히 일어나 서랍을 열고 종이들을 떨리는 손으로 꺼내보았다.

'JM-67, HW-466.'

아빠와 엄마의 사진이 차례대로 프린트되어 있었다. 그 사진 위에는 '완료'라고 쓰인 빨간 도장이 찍혀 있었다. 맨 밑에 있는 사진은 나였다.

'ZG-75, 진행 중.'

진행 중이라니? 부모님의 사진 위에 찍힌 도장은 무슨 뜻일까? 머릿속이 윙윙 울리기 시작했다. 나는 꾸깃꾸깃한 다른 종이를 꺼냈다. 그 종이에는 TM-12의 필체로 깨알 같은 글씨가 촘촘하게 박혀 있었다. 그중 몇 문장이 뇌리에 스쳐 지나갔다.

'아들을 돌려주십시오. 제 아들은 아무것도 하지 못합니다.'

'대가로 드릴 것이 있습니다.'

'훨씬 더 만족스러울….'

나는 종이를 던졌다. 종이가 팔락거리며 바닥으로 떨어졌다. 복도에서 나온 TM-12가 보였다. 그는 내게 총을 겨누고 서 있었다.

"아들이 잡혀갔고 협상을 위해 우리를 넘겨주려고 한 거야. 애초에 부모님과 연락한 이유도 그것 때문이었어?"

내가 소리쳤다. TM-12는 평소의 냉정한 표정으로 되돌아와서 말했다.

"가만히 있거라. 그러면 다치지 않을 테니."

"대체 나랑 내 부모님이 왜 필요한데?"

나는 비명 지르듯이 말했다. TM-12가 고개를 흔들었다.

"반항적인 생각을 갖고 있다는 것만으로도 충분해. 3세계에서 그런 생각을 가지고 있는 사람들은 내가 제일 잘 알거든."

"함께 가족처럼 지냈던 사람들을 팔면 속이 시원해?"

TM-12는 무언가 기다리는 것처럼 뒤쪽을 흘낏 보았다. 그 순간 나는 깨달았다. 부모님을 잡았던 것처럼, 나를 잡으려고 누군가 오고 있을 것이다. 누군지는 상관없었다. 세계 이동자라는 이름표를 내건 이상 모두가 나의 적이었다.

그때였다. 탁 소리가 나는가 싶더니 TM-12가 바닥으로 쓰러졌다. 그의 손에서 밀려 나간 총이 내 앞까지 왔다. 시호가 TM-12 뒤에 아까처럼 굳은 얼굴로 서 있었다.

"뭐 해, 75! 그 총 들고 빨리 와."

시호는 복도 쪽으로 사라졌다. 나는 허리를 숙여 TM-12의 총을 낚아채고는 시호를 따라 달렸다. 시호는 TM-12의 개인 주차장에서 플라잉카를 이륙시킬 준비를 하고 있었다.

나는 플라잉카에 몸을 날려 올라탔다. R도 신속하게 움직였다. 시호가 레버를 밀자 플라잉카가 앞으로 나아가기 시작했다.

"TM-12한테 뭘 한 거야?"

"마취 총. 하루는 꼬박 잘 거야. 물론 2세계 군인들이 우리를 추적할 수도 있겠지만."

나는 한숨을 내쉬었다. 어떻게 그곳에서 빠져나온 건지 알 수 없었다. TM-12는 큰 어른, 나는 그저 여자애일 뿐이다. 부모님처럼 잡혀가는 게 당연했다. 부모님을 생각하자 속이 메슥거렸다. 적어도 돌아가시지 않았다는 것은 확인했다고 생각했는데. 플라잉카 밑으로 빠르게 스쳐 지나가는 2세계를 보고 있자니 마음이 답답해졌다.

"고마워. 어떻게 알았어, TM-12가…."

"원래 알고 있었어."

시호의 목소리는 무거웠다.

"막상 널 만나니까 못 할 짓을 하는 것 같아서…. 나야 뭐, 늘 쫓기는 인생이었으니까 상관없어. 이제 어떻게 할 거야?"

"글쎄…. 엄마, 아빠가 어디 있는지 모르겠어. 넌 TM-12에 대해서 얼마나 알고 있니?"

"그는 3세계의 넓은 인맥을 이용해서 '정리 사업'에 동참했어. 아들을 구하기 위해서였지."

나는 바보 같고 어리숙한 TM-12의 아들을 떠올렸다. 그럴 수도 있겠다는 생각이 들었다. 하지만 그 때문에 부모님과 내가 이 지경에 이르렀다고 생각하니 용서할 수 없었다.

"정리 사업이 뭔데?"

"세계를 나눈 것에 대해 불만을 느끼거나 반항적인 사람들을 정리한다는 말이야. 세계 이동자는 그중 단연 1위겠지."

시호가 어깨를 으쓱하며 말을 이었다.

"한 사람의 반항은 그저 반항일 뿐이지만 여러 사람의 반항이 모이면 혁명으로 이어져. 그래서 반항자들을 처음부터 뿌리 뽑겠다는 거야. 내가 알기로 그들은 재판을 받은 후 죄의 정도에 따라 처벌이 달라져."

"처벌이라면…."

나는 끔찍한 생각에 잠시 말꼬리를 흐렸다. 시호는 심각한 목소리로 말했다.

"제일 가중한 처벌은 4세계 추방이야. 하지만 폐지된 사형도 자주 집행한다고 들었어."

"사형이라고?"

내 목소리가 떨리는 걸 눈치챘는지 시호가 말했다.

"걱정 마. 너희 부모님은 아마 안 돌아가셨을 거야. 너를 잡아야 하니까."

"나를 잡는 것하고 무슨 상관이야?"

"3세계에서 감시단을 무작정 움직일 순 없어. 네가 사상을 가지고 있다는 증거가 없으니까. 대신 네가 스스로 굴러들어 오게 덫을 놓는 거야."

나는 고개를 숙였다. 점점 더 희미해져만 갔다. TM-12를 만나면 모든 게 다 해결될 거라고 믿었는데.

"너는 내 부모님이 어디 있을 거 같니?"

나는 기운이 빠져 물었다. 한 치의 기대도 없는 질문이었다. 하지만 예상 밖으로 시호의 목소리는 확신에 차 있었다.

"2세계 감옥. 아직 재판을 받고 있다는 말을 들었거든."

"R, 지도를 다시 꺼내줄 수 있어?"

R이 지도를 허공에 띄우는 사이 플라잉카는 도로에 진입했다. R의 지도에는 교도소가 두 곳 있었는데, 하나는 2세계 교도소였고 하나는 정리 사업 교도소였다.

"정리 사업에 관련된 일은 정리 사업 교도소에서 처리해. 이곳에서 재판까지 이루어진다니까. 결과를 정해놓고 재판을 하는 식이지."

시호는 허공에 떠 있는 R의 지도를 살짝 밀어 플라잉카 내비게이션에 장착시켰다. 운전대 뒤쪽 공간에 입체 지도가 솟아올랐다.

목적지로 정리 사업 교도소가 설정됐고 걸리는 시간은 약 30분이었다.

"멀지 않네. TM-12가 정리 사업에 동참하려면 어쩔 수 없었겠지."

시호가 말했다. 나는 고개를 들었다가 비명을 질렀다.

"2세계 군인들이야!"

내가 그 사실을 알 수 있었던 첫 번째 이유는 그 플라잉카들 겉면에 '정리 사업단'이라는 글자가 적혀 있어서였다. 그리고 두 번째 이유는 그것들이 굉장히 빠른 속도로 우리를 쫓아오고 있었기 때문이었다.

"생각보다 빠르군."

시호가 중얼거렸다. 하지만 그는 로만큼 훌륭한 파일럿은 아닌 것 같았다. 플라잉카는 왼쪽으로 기우뚱, 오른쪽으로 기우뚱거리며 차들로 가득한 도로를 벗어나려고 애썼다. 정리 사업단이 코앞으로 다가와서야 우리는 도로를 벗어나서 하늘을 빠르게 질주했다.

"ZG-75, 신원 불명, RF-002! 당신들은 포위되었습니다. 반복합니다. 당신들은 포위되었습니다. 플라잉카를 즉시 멈추고 상공에서 대기하십시오."

앞에는 정리 사업단이 보이지 않았기 때문에 나는 그들이 협박하는 거라고 생각했는데 시호가 플라잉카를 멈췄다.

"왜 그래?"

답을 들을 필요도 없었다. 인공 태양의 쨍한 빛 속에서 플라잉카들이 서서히 나타났다. 시호가 속삭였다.

"투명 기능이야."

플라잉카는 공중에서 정지해 있었고, 사면을 둘러싼 정리 사업단 플라잉카에서 에스컬레이터 같은 것이 튀어나와 우리에게 이어졌다.

가장 먼저 내 옆쪽에 있던 플라잉카에서 정리 사업단이 걸어 나왔다. 정리 사업단은 플라잉카의 문을 열고 내 팔을 잡아챘다.

나는 비틀대며 TM-12의 플라잉카에서 끌려 나왔다. 고개를 돌리니 반대편에서 시호와 R도 똑같이 끌려가고 있었다. 에스컬레이터 아래쪽에는 손톱만큼 작은 2세계의 건물들이 보였다. 결국 이렇게 작았던 걸까? 나를 억누름과 동시에 단 하나의 목표였던 것이.

나와 R, 시호는 각자 다른 플라잉카에 호송된 채 뿔뿔이 흩어졌다. 나를 짐짝 취급하며 플라잉카에 구겨 넣은 정리 사업단은 헬멧을 쓰고 있어서 표정을 가늠할 수 없었다. 나는 손목에 채워진 전기 수갑을 이따금씩 흘낏거리며 창문 너머로 화려한 건물들을 바라보았다.

"내려."

30분 거리라더니 생각보다 일찍 도착한 곳은 정리 사업 교도소였다. 떡하니 자리 잡은 그곳은 주변이 텅 비어 있었다. 또 불길해 보이는 검은빛이 건물 주변을 맴돌고 있었다. 인공 태양이 이곳은 내리쬐어 주지 않는 걸까?

나는 혹시 시호나 R을 볼 수 있을까 싶어 두리번거렸다. 하지만 나와 정리 사업단 외에는 아무도 없었다. 내가 꾸물거리자 정리 사업단이 위협적으로 나를 쿡쿡 찔렀다. 나는 천천히 정리 사업 교도소 안으로 들어갔다.

어차피 오려고 했던 곳도 여기였으니까, 라고 생각하며 마음을 다져 먹으려고 했지만 잘되지 않았다. 작전도 없었고 나는 죄수 신분이었다. 삼엄한 감시의 존재 유무는 큰 차이였다.

정리 사업단은 나를 어느 공간에 데려다 놓고는 사라졌다. 교도소가 아니었다면 카운터라고 생각했을 곳이었다. 책상 앞에 앉아 있던 여자가 차가운 눈길로 나를 내려다보더니 앞에 있던 자판을 눌렀다.

탁탁, 탁, 탁탁. 내가 3세계에 태어나 눈을 떴을 때부터 수도 없이 들은 자판 소리였다. 'Z'와 'G'를 같이 치고 잠시 지난 후에 '-', 그러고 나서 '75'를 치는 것이었다. 대부분 그렇게 했다. 그 탁탁, 탁, 탁탁 소리는 내 머리에 각인되어 있었다. 사람들은 나를 보면 컴퓨터에 번호 검색부터 했다.

"ZG-75, 18세, 세계 이동자, 3세계에서 2세계로 넘어옴, 공범과 함께 시민 한 명에게 총을 쏨."

여자가 말했다. 나는 마취 총이라고 정정하고 싶었지만 아무 말도 하지 않았다.

"소지품 올려놓으세요."

나에게 있는 것은 얼마 되지 않았다. 물에 젖었다가 마른 배낭을 올려놓고 TM-12의 총까지 꺼내자 여자의 눈썹이 꿈틀했다.

나는 주머니에 있는 공만큼은 내놓지 않았다. 비록 부모님의 것은 도둑맞았다고 했지만 이 공은 유일한 연결고리였다. 나에게는 연락 수단보다 더 큰 의미가 있는 물건이었다. 옷까지 갈아입으라고 하면 들킬 것 같아 머뭇거리고 있는데, 문에서 아까처럼 헬멧을 쓴 정리 사업단이 나타났다.

정리 사업단이 턱짓하자 나는 별도리 없이 따라갈 수밖에 없었다.

나는 창문 없는 독실에 넣어졌다. 끝부분에 벽과 같은 재질로 된 침대가 쇠사슬에 매달려 있었다. 중간에는 깡통, 앞에는 변기. 그리고 끝이었다. 문 앞에 달린 뚜껑이 달칵 소리를 내며 열렸다. 그리고 그곳으로 더러운 접시가 하나 들어왔다.

'영양 스틱.'

나는 그 푸석푸석한 스틱을 집어 들고 생각에 잠겼다. 부모님을 구하기는커녕 내가 이 감옥에 갇혔다. 시호와 R은 코빼기도 비치지 않지만 아마 나처럼 갇혀 있을 것이다. 내 힘으로 할 수 있는 것은 없었다. 무력감이 밀려왔다.

'애초부터 내가 할 수 있는 건 없었는데.'

독실의 문이 열렸다. 헬멧을 쓴 정리 사업단이 내 손목에 다시 전기 수갑을 채웠다. 나는 정리 사업단을 따라 취조실이라고 적힌 방에 이르렀다. 복도에는 여러 문이 있었지만 불길할 정도로 고요했다. 나는 구석에 R이 앉아 있다는 것을 깨달았다. R은 고개를 푹 숙이고 있었다. 하지만 전원이 꺼진 것 같지는 않았다.

"R!"

"그 로봇은 지금 아무 말도 못 들어."

나는 목소리가 나자 홱 돌아보았다. 차분한 분위기의 한 여자가 책상 뒤에서 나를 흥미롭다는 듯이 보고 있었다.

"앉아."

여자가 부드럽게 권했다. 목소리만큼 눈길과 미소도 부드러웠다. 나는 시키는 대로 했다. 의자에 앉아 최대한 감정을 드러내지 않고 여자를 바라보았다.

"ZG-75, 맞지?"

"네."

나에게서 나간 목소리는 충분히 오해할 수 있을 만큼 반항적이었다. 나는 나 자신 때문에 모멸감이 느껴졌다. 내가 하려고 했던 일은 부모님을 구하는 거였는데. 그저 시스템에 대해 철없는 반항으로 치부되면 안 되는데.

하지만 여자는 여전히 부드러운 목소리로 말했다. 마치 우리가 평범한 상황에서 인사라도 나누는 것처럼.

"나는 취조관 DW-11이야. 편하게 다라라고 불러."

"3세계 출신인가요?"

여자의 미소 지은 입꼬리가 약간 팽팽해졌다. 그건 긍정과 마찬가지였다.

"ZG-75, 묻는 말에 대답만 제대로 하면 넌 안전해."

나는 고집스럽게 바닥만 내려다보았다. 취조관은 개의치 않았다.

"3세계에 있을 때는 누구와 살았니?"

"엄마, 아빠요."

내가 고분고분 대답을 하자 여자는 만족하는 것 같았다.

"엄마, 아빠는 서류상 돌아가셨다고 되어 있던데?"

"생사라도 알려주세요."

내가 포기한 듯한 목소리로 말했다. 여자는 고개를 저었다.

"나는 담당자가 아니라서 잘 몰라. 만약 전부 사실대로 말하면 며칠 후에 알려주도록 할게."

"HW-466, JM-67이에요."

여자가 다시 미소를 지었다.

"세계 이동은 어떤 식으로 했니?"

"공기층세계요."

나는 대답하며 여자의 질문을 곱씹었다. 세계 이동을 공기층세계 말고 다른 방법으로도 할 수 있다는 걸까? 하지만 그것까지 짐작하기는 어려웠다. 질문은 너무 상투적이었다.

"이동 후에 공범을 만났고? 이름이 시호라고 하던데."

"네."

"TM-12의 집으로 갔는데, 그가 위협했니?"

"TM-12는 부모님을 고발했어요."

나는 화가 나서 말했다. 여자가 습관적으로 고개를 끄덕였다.

"그런데 시호가 와서 그에게 총을 쏜 거지?"

"마취 총이었어요."

내가 맥없이 대꾸했지만 여자는 딱히 동요하는 것 같지 않았다.

"시스템에 불만을 가지고 있니?"

나는 여자를 바라보았다. 질문의 목적을 알고 싶었다. 아니라고
대답하기에도 우스웠다.

"네."

"그래, 첫 번째 만남은 이걸로 끝낼게."

여자는 아무렇지도 않은 듯이 말했다. 그녀의 말이 끝나자마자
아까 그 헬멧을 쓴 정리 사업단이 들어왔다. 정리 사업단이 날 끌
고 나가는 몇 초 동안 나는 R이 있는 구석 쪽을 흘낏거렸다.

취조관이 시킨 일일까. 몇 시간 후 내가 있는 독실에 R이 들어왔
다. R은 정리 사업단이 나갈 때까지 조용히 기다리다가 입을 열었다.

"주인님, 괜찮으세요?"

"난 멀쩡해. 너야말로 괜찮아? 아까 취조실에 있을 때는 죽은 것
같더니."

"기억이 나지 않아요."

R이 한숨을 내쉬었다.

"그런데 왜 너를 여기로 들여보냈을까?"

"조사가 끝났대요."

"말도 안 되는 소리 하지 마. 조사가 끝났다고 내게 돌려보낸다
면, 소지품도 조사 후에는 돌려줘야지."

R이 어깨를 으쓱했다. 나는 피식 웃었다. 이 상황에서도 웃음이
나온다니. 하지만 로봇이 사람처럼 구는 건 꽤 우스웠다.

"R, 감옥 지도는 없어?"

"없어요."

R이 홀로그램 화면을 몇 번 넘겨보더니 대답했다. 나는 딱딱한 감옥 벽에 귀를 대보았다. 혹시 소리가 들릴까 싶어서였다. 하지만 아무 소리도 들리지 않았다.

"시호는 봤어?"

"아뇨. 그런데 아마 재판은 같이 받을 거래요."

R이 말했다. 나는 소리를 듣는 것을 포기하고 침대 위에 앉았다. 시호의 말대로라면 부모님은 재판을 받고 있을 것이다. 재판은 그렇게 오래 걸리기도 하는 걸까? 나의 죄를 판단하는 데에는 얼마나 걸릴까? 그런데 애초에 나한테 죄가 있긴 한 걸까?

생각이 꽉 채워져서 나를 그 안으로 계속 밀어 넣는 것 같았다. 숨도 쉬지 못하게. 1년 동안 찾아왔던 답 바로 앞까지 갔는데, 아니 갔다고 생각했는데 모든 게 사라져 버렸다.

R이 렌즈 통을 내밀었다.

"시호 님의 해킹 학교 서버예요. 정리 사업단 때문에 헤어지기 직전에 제게 줬어요."

"너한테 왜?"

"그러게요. 전 각막이 없어서 끼울 수도 없는데. 가지세요."

"고마워."

나는 렌즈 통을 집어 들었다. 승리감이 얕게나마 차올랐다.

'너희는 나를 감옥에 가뒀지만 학교가 해킹되어 있다는 건 모르겠지.'

지금은 반항의 순간이었다. 렌즈를 끼우자 아까처럼 까만 화면이 나를 휘감았다. 곧이어 나는 학교 복도에 접속했다. 수업 시간인지 복도에는 아무도 없었다. 나는 시답잖은 소리나 지껄이는 교실로 들어가기 싫어 학교를 한 번 돌아보기로 결정했다.

출입구 밖으로 이동하자 넓은 운동장이 보였다. 가상현실이었지만 시호가 말한 무빙벨트를 착용한 듯했다. 운동장을 뛰는 아바타들의 얼굴은 변화가 없었지만 이름 옆에 체력치가 달려 있었다. 체육 선생님은 체력치가 80% 이하로 떨어진 학생들을 가려내서 멈추게 했다. 운동장으로 이동하자 내 아바타 머리 위에도 체력치가 떴다. 42%였다.

남은 아바타는 몇 없었다. 한 학생이 헉헉거리며 짜증을 냈다.

"선생님, 이제 들여보내 주세요."

"80%까지 줄여! 넌 지금 최선을 다하고 있지 않잖아."

'여긴 체육 시간에 농땡이 치는 것도 불가능하겠네.'

나는 일주일에 한두 번, 부실하던 3세계의 체육 수업을 떠올렸다. 그 수업을 아이들은 좋아하지 않았지만 나는 달랐다. 잠깐이라도 반복 작업에서 벗어날 수 있다면 뭐든 상관없었다.

체력치를 80%까지 낮춘 학생들은 한쪽에 모여 앉아 있었다. 나는 그 무리와 뚝 떨어져 서 있는 아바타를 하나 발견했다. 내 아바타와 똑같은 비공식 아바타였다. 비공식 아바타끼리는 서로를 볼 수 있는 모양이었다. 그 아바타가 내게 손을 흔들었다.

"ZG-75!"

내 이름을 어떻게 알고 있지? 나는 그 아바타 쪽으로 천천히 다가갔다. 순간 머리에 스치는 게 있었다.

"시호?"

"맞아."

비공식 아바타의 모습은 그저 파랗고 이목구비를 알아볼 수 없을 정도로 단순했다.

"너도 감옥에 갇혔니?"

"응. 재판이 몇 시간 후에 진행된다는 소리를 들었어."

"몇 시간 후라고?"

나는 잠시 말을 잃었다.

"우리 부모님…. 봤어?"

"아니."

시호가 고개를 저었다. 예상했던 대답이지만 힘이 빠졌다. 문득 시호의 체력치가 눈에 띄었다. 94%였다. 시호가 그 눈길을 느꼈는지 머쓱하게 말했다.

"음, 넌 체력이 많이 떨어졌구나. 재판을 위해 비축해 둬야 할 거야."

나는 아무 말도 하지 않고 마지막 학생까지 달리기를 마친 장면을 바라보았다. 시호가 말했다.

"여길 탈출해서 정리 사업을 끝장내자."

"정리 사업?"

시호가 왜 갑자기 정리 사업 이야기를 꺼내는지 의아했다. 내가 애매하게 대답을 하지 않자 시호는 실망한 듯했다. 그 순간 귀로

현실의 소리가 섞여 들어갔다.

"5분 끝! 증거 취득 실패. 렌즈 분리하세요."

나는 내 앞에 누가 있는지 보려고 렌즈를 빼냈다. 그 순간 황당해서 손을 멈추고 말았다. 오른쪽 눈의 렌즈만 뺐기 때문에 왼쪽 눈으로는 아직 2세계 학교를 보고 있었다. 하지만 중간에 판사가 서 있고 양옆으로 사람들이 늘어선 장면은 영락없는 재판이었다. 운동장과 법원이 겹쳐 보였다.

왼쪽 눈의 렌즈까지 빼내자 내 앞의 풍경이 제대로 보였다. 나는 잠시 주위를 둘러보다가 전원이 꺼진 채 누워 있는 R을 발견했다. 내가 그러든 말든 판사가 느릿하게 말했다.

"세계 분리에 반항적이라는 증거가 없군요."

"나를 사칭해서 75에게 말을 걸다니, 비겁한 놈들!"

R 옆에 서 있던 시호가 소리 질렀다. 나는 그제야 어떻게 된 일인지 알 수 있었다. 검사가 시호인 척하며 내게 대답을 유도했던 것이었다. 체력치가 94%나 된 것도 그래서인 것 같았다. 내가 가상 현실에 접속해 있을 때 이곳으로 끌고 온 것이 틀림없었다.

"두 번째 피고인, 조용히 하세요."

판사가 말했다. 그러자 검사는 화가 난 목소리로 말했다.

"재판관님, ZG-75는 세계 이동자입니다."

"알다시피, 세계 이동자라도 세계 분리에 반항적이라는 증거가 필요해요."

나는 판사의 말끝에서 '형식이긴 하지만'이라는 소리를 들은 것 같았다. 검사는 중간에 있던 홀로그램 빔을 켰다. 그러자 법원 전체가 홀로그램으로 꽉 채워졌다. 선명하지는 않았지만 누가 봐도 나였다. 3세계 분수대로 들어가는 모습, 2세계 기차역 앞에서 서성이는 모습이 차례로 찍혀 있었다.

"ZG-75가 세계를 이동한 것은 누가 봐도 분명합니다."

검사가 말했다. 나는 점점 더 이해할 수 없었다. 취조관에게 했던 대답이 있었다. 시스템에 불만을 가지고 있냐 물었고, 그렇다고 했다. 그것을 그대로 재생시키면 될 텐데, 왜 증거가 없다고 하는 걸까?

내 의문에 답이라도 하듯 법원 한가운데로 누군가 들어왔다. 그 취조관이었다. 취조관은 여전히 온화한 태도로 말했다.

"누가 이 재판을 진행한 거죠? 제가 아직 취조 종료 승인을 하지 않았는데요."

"증거나 내놓으세요. 왜 협조하지 않습니까?"

검사가 짜증을 내며 말했다. 나를 취조했던 녹화본을 말하는 것 같았다. 내가 보기에도 판사와 검사는 무척 초조해 보였다. 내 재판을 빨리 진행하고 싶은듯했다. 취조관이 말했다.

"취조 종료 승인을 하지 않았으니까요. 괜찮으시다면, 재판을 중지하고 취조를 마칠 때까지 기다려 주셨으면 합니다."

"안 된다고요! 취조관이면 취조나 할 것이지."

검사가 버럭 소리를 질렀다. 미묘하게 흐르는 공기를 판사가 깨트렸다.

"ZG-75는 3세계 감시단과 공기층세계 용병들에게 쫓기고 있습니다. 최대한 빨리 판결을 내려야 정리 사업단에게 피해가 없어요. 그러니까 녹화본을 주시죠, 취조관님."

그래서 초조해 보였었구나. 나는 나 자신의 신변 걱정보다도 눈앞에 장면이 황당할 뿐이었다. 취조관이 입꼬리를 살짝 올리며 말했다.

"그렇다고 해도 조사를 건너뛸 수는 없어요."

나는 신경전을 벌이는 사람들을 뚫고 시호를 바라보았다. 시호는 내게 손목을 들어 보였다. 그의 손목에도 전기 수갑이 채워져 있었다. 취조관의 낮은 목소리에 나는 눈길을 돌렸다.

"제가 하는 행동에는 어느 문제점도 없으니, ZG-75를 데려가겠습니다."

그 말이 끝나자마자 헬멧을 쓴 정리 사업단이 열 명 정도 몰려왔다. 판사는 남 일이라는 듯 보기만 했고, 검사는 화를 주체하지 못해 시뻘건 얼굴이었다. 정리 사업단이 나를 일으켜 세우자 나는 전에 그랬던 것처럼 따라가는 것밖엔 별도리가 없었다.

다시 독실로 넣어졌다. 감방 안에는 시계가 없어서 정확히 몇 시인지 알 수가 없었다. 창문도 없어서 짐작조차 불가능했다. 더 이상 R은 오지 않았다.

하지만 예상 밖으로 취조관은 나를 금방 불렀다. 그 기묘한 방안에 앉아서 취조관을 바라보았다. 이번에는 R이 서 있었다.

"로봇과 이야기하면 안 돼."

취조관이 말했다.

"처음에는 너를 더 자세하게 관찰할 생각이었어. 우리는 세계 이동자를 유입하는 데 온 신경을 쏟고 있거든."

내가 위쪽에 달린 카메라를 흘낏 쳐다보자 취조관이 웃었다.

"저건 상관하지 마. 녹화를 중지했어. 이건 비공식 만남이라고 할 수 있지."

"우리라는 게 무슨 말이죠?"

취조관은 내게 왼쪽 손목을 내밀었다. 나는 잠시 후에 그곳에 새겨진 문양을 알아볼 수 있었다.

'반-시스템.'

"하지만 너도 봤듯이 정리 사업단은 재판을 하고 이 일을 최대한 빨리 묻으려고 해. 그래서 내 계획을 좀 더 앞당길 수밖에 없었어."

취조관이 어깨를 으쓱했다.

"너를 탈출시킬 거야."

나는 무표정으로 취조관을 바라보았다. 쉽게 믿을 수 없었다. 누군가의 말을 곧이곧대로 믿기에 나는 너무 약했다.

"손목 문양 말고 더 정확한 증거를 주세요."

"증거라…. 구체적인 계획은 언제?"

취조관은 의자를 바짝 끌어당겼다. 그녀는 내게 홀로그램 지도를 내밀었다.

"네가 있는 독실은 총 두 명의 정리 사업단이 지키고 있어. 하지만 나올 수 있는 방법은 문밖에 없으니까 그들을 따돌려야겠지. 실수로 잠그지 않은 문을 발견한 너는 독실에서 나오게 돼."

취조관의 손가락이 지도 한구석을 짚었다. 내가 있었던 감방인 모양이었다.

"그때 정리 사업단은 제지하려 하지만 너는 최신 무기로 그들을 죽여."

"저는 최신 무기가 없는데요."

"소지품 검사 때 내놓지 않은 게 있잖아?"

취조관이 생긋 웃었다.

"그걸 어떻게 알았죠?"

"나한테 뭐든 숨길 생각하지 마. 이미 너에 관한 조사는 끝냈으니까."

나는 주머니에서 공을 꺼냈다.

"하지만 이건 무기가 아니라 연락 수단이에요."

"그건 폭탄이야, 비록 일회용이지만."

나는 공을 손에서 굴렸다. 폭탄 기능이 내장되어 있을 가능성도 존재했다. 하지만 그 계획대로 하기는 싫었다.

"안 돼요. 이걸 그런 데에 쓸 수는 없어요. 그리고 사람을 죽이고 싶지도 않고요."

"정리 사업단은 훨씬 더 많은 사람들을 죽였어!"

취조관이 소리쳤다. 늘 웃던 얼굴은 일그러져 있었다. 반-시스템단을 바로 앞에서 보는 건 처음이었다. 나는 흥미롭게 취조관을 바라보았다. 마치 우리 둘의 위치가 뒤바뀐 것 같았다.

"여기서 나가고 싶지 않니?"

취조관은 다시 이성을 찾고 냉정하게 말했다. 나는 입술을 깨물었다. 나가야 부모님을 어떻게든 찾을 수 있겠지. 하지만 그들을 살리기 위해 다른 사람을 죽이고 싶지 않았다. 엄마, 아빠도 그것을 바라지는 않을 터였다.

"그냥 지금 여기서 탈출할 수는 없나요?"

"물론 그것도 가능해. 하지만 내가 의심을 받게 되잖아. 반-시스템단에서 정리 사업단에 스파이를 파견한 건 중요한 정보책이야. 잃기에는 어렵지."

나는 숨을 한 번 들이마셨다. 사람을 죽이는 건 싫었다. 사람을 속이는 건 싫지만, 죽이는 것보단 나을 것이다. 나는 신중하게 입을 열었다.

"세계 이동자를 셋이나 유입하는 건요? 그렇다면 반-시스템단도 탈출을 허락하지 않을까요?"

그 세계 이동자란 나, 시호, R을 의미하는 것이었다. 사실 내가 지향하는 목표점은 반-시스템과 거리가 있었다. 시스템에 반항적인 이유는 내가 아랫세계 출신이기 때문이었다. 내 목표는 윗세계로 이동하는 것이었다. 반-시스템단은 너무 위험했고 미래가 보장되어 있지 않았다. 하지만 취조관, 아니 다라에게 내가 반-시스템단에 들어간다고 거짓말하는 것은 다른 문제였다. 우선 탈출해야 하니까.

"본부에 연락해 볼게. 하지만 기대는 안 하는 게 좋을 거야."

다라가 애매한 표정으로 말했다.

나는 기대하지 않았다. 더 이상 좌절하지도 않았다. 다시 독방으로 돌아갔을 때 배급된 영양 스틱을 마주하곤 최대한 맛있게 먹었다. QB-370과 R 옆에서 영양 스틱을 먹던 일이 생각났다.

헬멧을 쓴 정리 사업단이 문을 열었다. 감방 앞까지 온 건 다라였다. 다라는 아무 일도 없었다는 듯이 취조를 위해 나를 데려가겠다고 말했다.

나는 일어서서 다라를 따라갔다. 다라가 교도소의 구조를 전부 꿰고 있는 건지, 렌즈로 지도를 보고 있는 건지 알 방법은 없었지만, 정리 사업단이 보이지 않는 곳까지 가자 다른 길로 접어든 건 확실했다.

"그러니까 반-시스템 본부가 허락한 건가요?"

"쉿. 나갈 때까지는 아무 말도 하지 마."

다라는 어딘가 불안한 표정이었다. 뭔가 이상한 낌새를 눈치챈 그 순간, 건물 전체에 불이 꺼지고 비상등이 깜빡였다. 곧이어 총소리와 비명 소리, 뭔가 무너지는 듯한 소리가 들려왔다.

"뚫렸다!"

한 무리의 정리 사업단이 총을 가지고 뛰었다. 우리는 안중에도 없었다. 다라는 정리 사업단 중 하나를 붙잡았다.

"누가 보안을 뚫은 거야?"

"공기층세계 용병들일 겁니다. 3세계 감시단은 우리에게 협조할 수도 있지만 용병들은 막무가내니까요. 빨리 피하십시오."

그 정리 사업단은 내가 누구인지 모르는 것 같았다. 그가 사라지자 다라는 허리춤에서 꺼낸 TM-12의 총을 내밀었다.

"필요할 때가 있을 거야."

나는 그 총을 받아 들긴 했지만 내심 시호의 것처럼 마취 총이 있었으면 좋겠다고 생각했다. 다라를 따라서 뛰고 있는데 창문 너머로 유리 비행선들이 더 많이 도착하는 것이 보였다.

"멈춰!"

나와 다라의 앞으로 T의 수하들이 들어섰다. 그들은 전부 총을 우리에게 겨누었다.

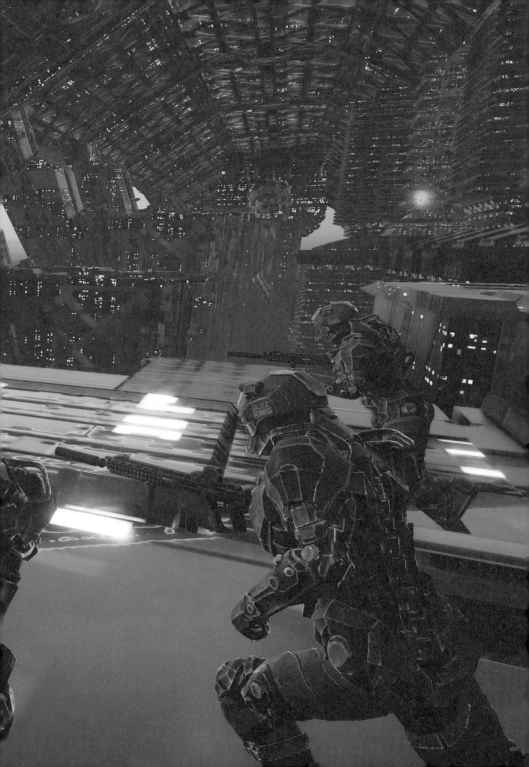

"둘 중 누가 ZG-75지?"

그들은 나를 쫓아왔던 자들과 다른 사람들인 모양이었다. 비록 옷깃으로 가렸지만 내 목 쪽에 코드가 새겨져 있으니 들키는 건 시간문제였다.

"ZG-75, 나야."

다라가 성큼 앞으로 나섰다. 그녀의 오른쪽 손목에는 ZG-75라고 적혀 있었다. 비록 문신은 아닌 것 같았지만. 내가 놀람을 숨기지 못한 채 다라에게로 고개를 돌리자, 다라는 곁눈질로 고개를 돌리라는 눈짓을 보냈다. T의 수하들은 서로 의논하는 것 같았다.

"ZG-75는 어린 여자애라고 들었는데."

"저 여자 손목에 코드가 적혀 있잖아?"

"둘 다 데려가도록 하지."

순식간에 수하들 중 하나가 우리의 팔목에 수갑을 채웠다. 정리 사업단에서 채운 것과는 미묘하게 달랐다. 전기가 아니라 쇠였다.

T의 수하들은 우리를 각자 다른 유리 비행선에 태웠다. 정리 사업단이 플라잉카에 태운 것과 비슷한 장면이었다. 다라는 나와 헤어지기 직전에 뭔가 말하려고 했지만 결국 말하지 못하고 끌려갔다. 나는 시호와 R이 궁금했지만 유리 비행선 안에 앉아 있는 수밖에 없었다. 공기층세계에서 겪은 일들이 아주 오래된 것처럼 느껴졌다. 그러나 지금, 나는 다시 그곳으로 향하고 있었다.

5.
언제나 포로

유리 비행선은 천천히 움직였다. 모습이 플라잉카와 비슷하긴 하지만 훨씬 크고 천장이 유리라서 눈에 띄었다. 하지만 정리 사업 교도소가 2세계 사람들이 거주하는 곳에서 동떨어져 있어서인지 아무도 이곳에서 무슨 일이 벌어지는지 모르는 것 같았다.

유리 비행선은 기차역으로 향하지 않았다. 기차역은 불법 비행 선들이 공용으로 쓴다던 마멜의 말이 떠올랐다. 그렇다면 T가 만 들어 놓은 통로가 있는 걸까?

우리는 곧 지하로 들어갔다. 기차역도 지하이긴 했지만, 이 지하 통로는 달랐다. 유리 비행선만을 위해 만들어진 듯했다. 지하 통로 앞에 쓰러진 건물이 몇 개 있기는 했지만 그러기에는 너무 보안이 약한 것 같았다. 문이 열리자 통로의 양옆으로 쇠 연결고리가 달린 게 보였다. 유리 비행선은 그 아귀에 맞춰 덜컥 소리를 내며 끼워졌다.

그리고 그 순간, 우리는 공기층세계에 도착했다. 몸이 몇 초 동안 서너 번 정도 흔들린 것 외엔 딱히 느낌도 없었다. 공기층세계의 하얀 벽과 처음 들어왔을 때 봤던 판자들, 노점상, 사람들이 보였다. 나는 지하 통로가 꽤 길지만 내부가 똑같이 어두컴컴한 회색이고, 우리가 초고속으로 공기층세계에 도착했다는 것을 한참 후에 알았다. 이런 초고속 통로를 승객들에게 개방하지 않은 이유는 적정한 돈을 받아내려고 한 것 같았다. 세계 이동이 너무 쉽다는 느낌이 들면 안 되니까.

유리 비행선은 판자들 끝에 달린 쇠 연결고리에 착륙했다. 처음에는 못 보던 장치였다. 내가 T의 수하들에게 끌려 나오자, 한 여자아이가 팔짱을 끼고 서 있는 것이 보였다. 여자아이는 나와 비슷한 나이인 것 같았는데, 보자마자 T가 생각날 정도로 눈가의 쌍꺼풀이 짙었다.

옆쪽에 착륙한 유리 비행선에서 다라가 내렸다. 여자아이가 눈썹을 올렸다.

"누가 ZG-75지?"

"그걸 저희도 몰라서 둘 다 데리고 왔습니다."

수하들이 쩔쩔매며 말했다. 다라를 슬쩍 보니 전혀 동요하지 않는 표정이었다. 나는 더 이상 다라에게 위험을 전가할 수 없었다.

T를 죽였다는 명목하에 나를 죽일 게 확실해 보였으니까.

"내가 ZG-75야."

내가 말하자 눈길이 전부 그곳으로 쏠렸다. 나는 옷깃을 내려 목에 새겨진 코드를 보여주었다. 수하 중 하나가 난감한 목소리로 말했다.

"서로 ZG-75라고 우기는 상황입니다. 저 여자의 손목에도 코드가 새겨져 있습니다."

"그딴 건 상관없어."

여자아이가 말했다.

"내 사촌에게 물어보면 되겠지. 데리고 와."

나는 조금 후에 도착한 여자아이의 사촌이 마멜이라는 것을 알고 깜짝 놀랐다. 수하들이 마멜을 대하는 태도도 나를 대하는 것과 별반 다르지 않았다. 내가 머뭇거리며 말했다.

"마멜?"

"여기 있는 내 사촌은 너를 2세계로 데려다주었어. 나의 어머니이자 자신의 이모를 죽인 너를 두 눈으로 똑똑히 보고도 말이야."

마멜은 수하들을 뿌리치려고 애를 썼지만 될 리가 없었다. 여자아이가 날카롭게 말했다.

"둘 중에서 ZG-75를 짚어내. 정확히 말하지 않으면 네 막무가내인 친구를 죽일 테니까."

나는 그 친구가 로를 가리킨다는 것을 알아챘다. 마멜은 공기층 세계를 바꿀 거라고 큰소리치던 때와 정반대로 어깨를 축 늘어트리고 있었다. 그리고 손을 들어 나를 가리켰다.

"좋아."

여자아이가 말했다. 여자아이는 손가락을 까딱거렸다. 나를 끌고 오라는 말인 것 같았다. 나는 잠시 엉뚱한 생각을 했다. T가 자신의 사무실이라고 했던 그 술집으로 데려가는 걸까? 하지만 내가 도착한 곳은 아주 거대하고 튼튼한 건물이었다. 건물의 벽은 공기층세계의 벽과 같은 재질로 이루어져 있었다.

여자아이는 건물 안쪽으로 들어갔다. 바로 앞에 벽난로에서 불꽃이 타오르는 공간이 있었다. 마치 응접실 같았다. 벽난로 앞에는 두 개의 의자가 있었는데, 나머지 공간은 텅 빈 데다 지나치게 넓어서 썰렁했다. 여자아이가 수하들을 향해 말했다.

"다들 나가봐."

나는 그 자리에 서 있었다. 여자아이가 벽난로 앞 의자에 앉은 채 손가락을 다시 까딱였다. 나는 여자아이의 생각대로 따라줄 생각은 없었다. 내가 그 자리에 서서 노려보자, 여자아이는 재미있다는 듯이 말했다.

"노려봐야 할 건 난데. 왜 어머니를 죽였지?"

"나는 T를 죽이지 않았어."

나는 벽난로를 쳐다보았다. 불꽃이 타오르는 장면이 어색할 정도로 화려했다.

"네가 죽이지 않았다면 누가 죽였을까?"

"그건 사고였어."

내가 말했다.

"T는 나를 속였어. 내 로봇을 대가로 받았는데도 나를 감시단에 넘기려 했다고. 레버를 가지고 T와 몸싸움을 벌이다가 비행선이 추락하고 만 거야."

"레버를 조금 민다고 비행선이 추락하진 않아!"

여자아이가 목소리를 높였다.

"비행선이 추락하는 건 선체가 파손되었을 때뿐이지. 넌 레버를 건드린 게 아니라 선체를 파손시킨 거야. 거짓말하지 말고 사실대로 말해!"

"네 말이 맞다고 해도, 왜 내 목숨까지 걸고 선체를 파손시키겠어? 잊지 마. 비행선에는 나도 타고 있었어."

나는 얼굴을 찡그리며 대꾸했다. 여자아이는 나를 죽일 듯이 노려보았다.

"난 사실을 알아야만 해. 어떻게든 네가 입을 열게 만들 거야. 그게 어머니의 복수야."

이미 전부 말했는데 사실을 알아야 한다니 답답할 뿐이었다. 나는 답할 말이 없어 고개를 돌려서 다시 벽난로를 바라보았다.

여자아이는 어머니가 죽었는데도 별로 슬퍼 보이지 않았다. 짙은 쌍꺼풀 때문에 감정이 드러나지 않는 걸까?

"네가 입을 열 때까지 가둬두도록 하지. 물도 없고, 밥도 없을 거야."

"난 사실을 말했어."

하지만 난 여자아이의 대답을 들을 수 없었다. 곧 T의 수하들이 들어와 나를 끌어냈다. 나는 하얀 건물의 지하인 듯한 곳에 가둬졌다. 어두컴컴해서 그런지 정리 사업 교도소의 독실보다 암담해 보였다. 끽끽거리는 소리가 으슥함을 더했다.

잠시 몸을 기대는데, 두런거리는 말소리가 들려왔다. 벽에 귀를 대자 목소리가 똑똑히 들려왔다. 마멜이었다.

"모르겠어. 벽 안 사람들은 감히 테라에게 덤빌 수 없을 거야. 아무리 우리가 갇혀 있다고 해도…."

"이게 다 그 여자애 때문이야."

다음 말은 로인 것 같았다. 나는 벽에 대고 소리를 질렀다.

"마멜! 로! 내 말 들려?"

잠시 침묵이 이어졌다. 마멜의 목소리가 들렸다.

"75?"

"맞아. 거기 로하고 같이 있니?"

"응, 그리고 네 친구도 있어."

약간 우당탕거리는 소리가 난 후에 다라의 목소리가 들렸다.

"ZG-75! 괜찮아?"

"네."

나는 잠시 망설이다가 말을 이었다.

"근데 테라가 누구야? T의 딸?"

"맞아. 우리를 이 감옥에 집어넣은 애지."

"걔가 네 사촌이라고…."

마멜은 한참 동안 말이 없었다.

"T는 내 이모야. 그리고 자신의 언니이자 내 어머니를 죽였지. 공기층세계의 수장 자리를 뺏기 위해서 말이야. 나는 그 장면을 유일하게 목격한 사람이야. 테라는 T만큼 욕심 많은 애야. T와 사이가 좋지 않았고, 자신이 공기층세계의 수장이 되기만을 기다려 왔어. 이제 와서 T의 복수를 한다니 무슨 꿍꿍이인지 모르겠네."

나는 그제야 테라가 별로 슬퍼 보이지 않던 이유를 알 수 있었다. 로가 끼어들었다.

"의회원들의 눈치를 보는 거겠지. 의회는 전통을 중시하잖아."

"마멜, 공기층세계의 수장이 되어야 할 사람은 너야."

나는 나지막하게 말했다.

"T는 목격자인 나를 내쫓았어. 아마 내가 죽을 거라고 생각했겠지. 하지만 벽 안에도 사람들이 산다는 건 몰랐어. 그들이 나를 도와줘서 지금까지 살아올 수 있었던 거야. 하지만 난 다시 돌아갈 수 없었어. 돌아가는 즉시 T가 나를 죽일 테니까."

"T는 이제 없잖아. 의회를 설득하면 가능성 있어."

로의 목소리가 흥분한 듯했다. 나는 너무 오랫동안 바닥에 대고 있어 저려진 손을 털었다. 하지만 다시 말소리가 들리자 귀를 가져다 댈 수밖에 없었다.

"반-시스템단이 우리를 구하러 올 거야. 나한테 위치 추적이 되는 칩이 심어져 있거든."

다라의 목소리였다. 나는 끔찍한 생각에 얼굴을 찡그렸다. 칩은

3세계에서 이식하는 것만으로 충분한데.

"위치 추적이 되는 칩이요?"

"내가 결정한 거야. 반-시스템단이라고 무조건 칩을 심어야 하는 건 아니야."

내가 마음을 바꿀 거라고 생각한 건지 다라가 다급하게 말했다. 나는 고개를 끄덕이다가 다라가 나를 볼 수 없다는 생각에 소리 내서 말했다.

"네."

"마멜, 의회에 우리 의견을 전달하자."

로의 목소리가 들렸다. 로는 그 생각에 사로잡힌 듯했다. 마멜의 목소리는 자신 없어 보였다.

"테라가 막을 거야."

"우린 이미 테라에게 잡혔어! 마지막 발악 정도로는 괜찮지 않아?"

"반-시스템단이 올 거라고 했잖아. 그때 우리도 데려가 줄 수 있는 거죠?"

마멜이 다라에게 하는 말 같았다. 하지만 다라가 대답할 새도 없이 로가 말했다.

"넌 늘 공기층세계를 바꿀 거라고 했었는데 기억 안 나? 지금이 기회야."

"의회에 어떻게 의견을 전달할 건데?"

마멜과 로가 싸우는 소리를 듣고 있으니 머리가 아파왔다. 나는 한숨을 내쉬고는 컴컴한 방 안을 둘러보았다. 그새 눈이 어둠에 적응된 건지 전보다 훨씬 잘 보였다. 맨 끝에 작은 문이 보였다. 감옥은 서 있지도 못할 정도로 천장이 낮았기 때문에 나는 기어서 작은 문에 도달했다. 문은 검은색이었고 부러진 손잡이가 달려 있었다. 기껏해야 30cm 정도 되는 문이었다. 용도가 뭘까, 궁금해하며 손잡이를 당기자 끽끽거리던 소리가 놀랍도록 선명해졌다. 테라의 목소리였다.

"어머니를 죽인 살인자를 그냥 풀어주라고요?"

"풀어주라는 말이 아닙니다. 처형을 미루자는 겁니다. 수장님이 돌아가셨으니 마멜을 찾아봐야 하지 않겠습니까."

중년 남자인 듯한 목소리가 난감한 듯이 울렸다. 테라가 딱 잘라 말했다.

"나라고 안 찾아봤겠어요? 어렸을 때부터 같이 자랐는데. 하지만 그 앤 죽었어요."

나는 중년 남자의 정체가 궁금해졌다. 하지만 테라는 더 이상 대화를 이어나갈 생각이 없는 모양이었다.

"그리고 이제부터 의장님 방으로 날 부르지 마세요. 할 말이 있으면 회의를 소집하거나 내 방으로 찾아와요. 난 수장이라고요."

더 이상 말소리가 들려오지 않는 걸로 봐서 테라가 나간 모양이었다. 의장이라고 불린 그 남자의 무거운 한숨 소리가 들려왔다.

나는 어떻게 이 소리가 내 감옥까지 전달되는지 알 수 없었다. 작은 문은 파이프로 연결되어 있었지만 왜 감옥에 이런 게 있을까? 문 안쪽에는 동그랗고 까만 무언가가 있었다. 파이프가 연결되어 있는 점을 생각한다면 하수구를 개조한 것 같기도 했다. 하지만 중요한 것은 이게 아니었다. 의장은 마멜을 찾고 싶어 하고, 얼마 떨어지지 않은 곳에 마멜은 갇혀 있었다.

나는 마멜에게 이 사실을 알려주려고 했지만 곧이어 다른 목소리가 들렸다.

"의장님, 마멜을 찾았습니다."

"어디 있던가요?"

"이 건물 내부 감옥입니다."

의장이 기가 막힌다는 듯이 혀를 차는 소리가 들렸다.

"테라가 가둬둔 겁니까?"

"네. 어떻게 할까요?"

"데려와야죠. 비밀리에 데려오세요. 테라가 눈치채지 못하게…. 아! 내가 직접 내려가는 게 좋겠군."

부스럭거리는 소리가 나더니 더 이상 목소리가 들리지 않았다. 나는 다시 마멜 쪽으로 기어갔다.

"마멜!"

대답이 없었다. 나는 최대한 힘을 끌어올려 소리쳤다.

"마멜!"

"응?"

마멜의 목소리였다.

"의장이 너를 찾으러 간대."

"날?"

하지만 난 대답할 수 없었다. 문이 열렸다. 누군가 나를 감옥에서 끌고 나왔다. 나는 갑자기 쏟아진 빛에 눈을 반쯤 감은 채 주위를 둘러보았다.

"처형식을 준비하겠습니다."

수하들 중 하나가 말했다. 테라는 아까 전과 정반대인 태도로 날 넘겨다보았다. 마치 비웃는 것처럼. 나는 테라를 향해 말했다.

"사실을 알아야겠다며?"

"어머니가 죽은 건 내게 아무 상관 없어. 이제 의회의 눈치를 보지 않아도 된다는 사실이 중요하지."

나는 테라의 말투가 어딘가 기묘하다고 느꼈다. 테라는 내가 그러거나 말거나 확신에 차서 중얼거렸다.

"내 말 한마디에 처형식이 거행된다는 걸 의장한테 똑똑히 보여 줘야겠어."

나는 끌려가는 동안에는 딱히 아무 생각도 들지 않았다. 하지만 막상 처형장에 도착하자 숨이 턱 막혔다. 양옆으로 T의 수하들이 쭉 늘어선 게 보였다. 그리고 가운데 있는 사람이 나를 향해 총을 겨누고 있었다.

철컥 소리가 나며 내 수갑이 뒤쪽에 고정됐다. 나는 두 팔을 뒤로 꺾은 채 턱을 세웠다. 표정을 보이고 싶지 않았는데 고개를 숙이면 두려워하는 것처럼 보일까 봐서였다.

"의장은 왜 오지 않지?"

테라가 짜증을 내며 말했다. 의회원처럼 보이는 사람들은 한 곳에 딱하다는 표정으로 앉아 있었다. 몇몇은 겁에 질린 것 같았다. 한 남자가 초조하게 말했다.

"의장님이 올 때까지 기다리죠."

나는 그 남자가 작은 문에서 들었던 목소리의 주인이라는 것을 알아차렸다. 테라는 버럭 소리를 질렀다.

"상관없어. 그냥 진행해."

수하는 총을 장전했다. 나는 끝까지 턱을 내리지 않았다. 그들이 원하는 모습으로 죽어주지 않을 것이다. 발악하지도 않고 울지도 않고….

"잠깐!"

그때 누군가 소리쳤다. 위엄 있었던 목소리는 다급하게 바뀌어 있었다. 의장이었다. 그리고 그 옆에는 마멜이 서 있었다. 로가 다소 어색한 몸짓으로 따라오는 게 보였다. 의장이 단호하게 말했다.

"지금 당장 회의를 소집하겠습니다."

사람들이 웅성거렸다. 나에게 총을 쏘려던 수하는 테라를 돌아보았다. 테라는 입술을 깨물고 마멜과 의장을 노려보고 있었다. 의장은 서슴없이 말을 이었다.

"이분은 T의 언니이자 전 수장님의 딸 마멜입니다. 만약 실종되지 않았다면 수장이 되었겠죠. T는 자신의 언니를 죽이고 조카인 마멜까지 내쫓았습니다."

누군가 내 팔을 잡아챘다. 나는 수갑이 풀린 것을 알고 그쪽을 돌아보았다. 다라였다. 손에 열쇠를 든 채였다.

"우린 지금 나가야 해. 반–시스템단이 이곳에 도착했어."

"하지만 마멜이…."

"그건 네 일이 아니야!"

나는 의회원들 쪽을 한 번 쳐다보고는 소란스러워진 틈에 조용히 빠져나가려고 했다. 하지만 테라가 째지는 듯한 목소리로 소리쳤다.

"잡아!"

"당신은 명령을 내릴 수 없습니다!"

의회원 중 하나인 그 남자가 말했다. 테라의 얼굴이 구겨지는 게 보였다. 나는 그 순간을 이용해서 총을 꺼냈다. 바지 끝단과 신발을 이용해서 숨겨둔 TM-12의 총이었다. 천장을 향해 총을 쏘자, 하얀 건물의 벽이 무너졌다. 그 벽은 내가 추락했던 아래쪽으로 떨어져 갔다. 불길한 소리가 들려오자 나는 그때를 기다려 소리쳤다.

"한 발짝도 움직이지 마. 아니면 이 모든 건물을 무너트릴 테니까."

수하들은 머뭇거리는 것 같았다. 누구의 명령을 따라야 할지, 테라가 아직도 자신들의 수장인지 알 수 없는듯했다. 다라가 내 팔을 붙잡고 무너진 벽 쪽으로 다가섰다.

"위험해요!"

"뛰어."

나는 밑을 바라보고 그쪽에 작은 비행선이 있다는 것을 알아차렸다. 유리 비행선보다는 작고 로의 비행선보다는 컸다. 얼굴을 두

건으로 감싼 자들이 앞 좌석에 타고 있었다. 나는 그들의 손목에도
다라와 같은 문양이 새겨진 것을 보고 뛰어내렸다.

"다라!"

두건을 쓴 사람이 초조하게 말했다. 하지만 다라는 오지 않았다.
비행선은 아래쪽에 있었기 때문에 건물에서 정확히 무엇을 하는
지는 알 수 없었다. 하지만 총소리가 나기 시작한 걸로 봐서 별로
좋은 일은 아닌듯했다.

"안 올라가요?"

내가 묻자 두건을 쓴 사람은 고개를 저었다.

"지금 올라가면 표적이 되기 때문에 추락하고 말 거야. 유리, 다
라의 생체 신호를 확인해."

유리라고 불린 사람도 역시 같은 두건을 쓰고 있었다. 그녀는 홀
로그램 화면을 띄우더니 침울하게 말했다.

"총을 한 군데 맞았어요. 심장 근처라 살아남기 어려워 보입니다."

두건을 쓴 사람은 대답하지 않았다. 그저 들키지 않기 위해 더
아래쪽으로 비행선을 몰고 출발했을 뿐이었다. 나는 너무 빠르게
일어난 상황에 잠시 멍해 창문 너머를 바라보다가 소리쳤다.

"잠깐만요! 그냥 이대로…. 이대로 간다고요?"

"다라는 계약서에 서명을 했다. 만약 자신이 임무 중 죽거나 죽
을 상황이 임박하면 위험을 감수하지 말고 버리기를 원했어."

두건을 쓴 사람이 말했다. 나는 점점 더 아파오는 머리를 문질렀
다. 기회를 봐서 반-시스템단을 빠져나가려 했는데 문제가 점점

복잡해지고 있었다. 다라는 죽을 것이다. 시호와 R을 다시 만날 수 있는 기회도 사라질 것이다. 뭐라도 해야 했다. 나는 필사적으로 말을 이었다.

"그렇다고 동료를 버리는 건…."

"ZG-75, 함부로 말하지 마. 다라를 겨우 몇 시간 본 네가, 평생 동안 함께했던 우리에게 어떻게 동료를 버린다고 말할 수 있지? 다라는 참된 희생을 한 거야."

두건을 쓴 사람의 목소리가 떨렸다. 순간적으로 당황했지만 동시에 나는 그들에게 쏘아붙이고 싶었다. 난 도망칠 거야. 참된 희생은커녕 의미 없는 죽음이었는걸. 유리는 두건을 쓴 사람보다는 훨씬 침착해진 목소리였다.

"걱정 마. 이제부터 반-시스템단이 너를 보호할 거니까. 우리는 모두 가족이야. 서로를 지켜주지."

죄책감이 나를 감쌌다. 나를 보호하기 위해 한 사람이 죽었는데, 그 사람의 죽음은 의미가 없다. 그리고 의미가 없게 만든 것은 나다. 최대한 빨리 도망쳐서 부모님을 찾을 거니까. 나는 이 주제에서 벗어나고 싶었다.

"그런데 공기층세계로 어떻게 들어온 거죠? T의 수하들이 지키고 있었을 텐데…."

"벽난로로 비밀 통로를 만들어 놨어. 거길 우리가 뚫은 거야."

유리가 말했다. 지나치게 화려했던 불꽃이 떠올랐다. 진짜 같지 않은 불꽃. 나는 입을 다물었다. 진짜 같지 않은 건 지금도 마찬가지였다. 로의 비행선에서 났던 털털거리는 소리가 여기에서는 나지 않았다. 고요함에 귀가 아팠다. 이건 내가 스스로 결정한 일이 아니었다. 결국 나는 끌려가고 있었다. 3세계 감시단이든, T의 수하들이든, 정리 사업단이든, 반-시스템단이든 다 똑같았다. 나는 포로다. 언제나.

6.

반-시스템단

비행선은 T의 수하들이 눈치채지 못하게 하얀 건물 아래쪽을 빙 돌아서 초고속 통로로 다가갔다. 그 통로는 아무도 지키고 있지 않았다. 쇠 연결고리에 걸기에는 비행선이 너무 작았지만 두건을 쓴 사람은 그대로 직진했다.

T의 수하들에게 잡혔을 때처럼 눈 깜짝할 사이에 도착하지는 않았다. 15분 정도 걸린 것 같았다. 하지만 마멜, 로와 함께했던 비행을 고려해 본다면 훨씬 신속했다. 그 점이 다시 나를 아프게 파고들었다. 내가 스스로 결정한 것은 언제나 느리다. 느리고 불안정하다.

그들은 2세계로 나오자마자 가장 앞에 있던 버튼을 눌렀다. 그러자 옆면에 달려 있던 비행선의 추진기가 안쪽으로 들어가고 대신 프로펠러가 달린 플라잉카의 날개가 장착됐다. 비행선이 플라잉카로 변한 것이었다. 플라잉카는 2세계가 아주 작게 보일 만큼 위로 올라갔다. 한참 동안 상승하자 새로운 도로가 나타났다.

"고속도로야."

유리가 짧게 설명했다. 고속도로는 일반 도로보다 훨씬 높이 위치한 모양이었다. 확실히 플라잉카들이 훨씬 빠르게 달리고 있었다. 쉭, 쉭 소리를 내며 지나가곤 하는 가지각색의 플라잉카가 어지럽게 눈앞을 왔다 갔다 했다.

반-시스템단의 플라잉카는 고속도로로 미끄러져 들어갔다. 갑자기 빨라진 속도 때문에 몸이 뒤로 쏠렸다. 나는 의자에 그대로 등을 기댄 채 창문 너머를 바라보았다. 2세계의 풍경은 보이지 않았다. 대신 천장인 듯한 곳이 보였다. 그곳은 하늘색으로 채워져 있었고 조잡한 구름 그림이 그려져 있었다. 적어도 하늘이 있는 게 어디냐는 생각이 들었다. 3세계에는 고개를 들면 쳐다볼 하늘조차 없었다. 온통 회색빛인 공장 꼭대기 너머로 희미한 이식 햇살이 걸려 있을 뿐이었다.

"내려."

유리가 말했다. 두건을 쓴 사람은 이미 플라잉카에서 내려서 멀리 걸어가고 있었다. 유리는 두건을 벗었다. 스무 살이 조금 넘은 듯한 여자였는데 얼굴이 멋지게 그을리고 머리를 특이하게 땋고 있었다.

"단장님은 신경 쓰지 마. 다라는 그의 절친한 친구였거든."

"아까 운전한 사람이 단장님인가요?"

"맞아."

나는 천천히 플라잉카에서 내렸다. 고층 건물이었다. 하지만 TM-12의 아파트보다 훨씬 허름했다. 개인 주차장에서 유리를 따라 안쪽으로 이동하자 넓은 공간이 보였다. 벽을 모두 분리해서 방을 하나로 합친 것 같았는데, 바닥에는 테이프가 덕지덕지 붙어 있고 가장자리에 낡은 책상이 빙 둘러 놓여 있었다. 그 책상에서 몇몇 사람들이 홀로그램 PC의 키보드를 두드리고 있었다. 하지만 대부분은 가운데에 모여 단장과 함께 서 있었다.

"새 단원, ZG-75다. 세계 이동자야."

마치 정해뒀던 것처럼 그들이 한꺼번에 박수를 쳤다. 난 누구야, 내 이름은 뭐야, 반가워, 환영해, 이런 인사들이 쏟아졌다. 머리가 아팠다. 그만 듣고 싶었다. 유리의 말대로 가족인 척해봤자 그들도 나를 이용할 뿐이었다.

"R은."

내 목소리가 그들의 인사를 잘랐다. 그들이 일순간 멈췄다. 하지만 나는 물러서지 않고 말을 이었다.

"어디 있죠?"

"그 로봇? 우리가 가지고 있어. 그런데 전원이 꺼져 있더라. 배터리가 부족한 것도 아닌데 아무리 시도해도 켜지지 않아."

유리가 말했다. 나는 입술을 깨물었다.

"시호는요? 시호라면 고칠 수 있을지도 몰라요."

시호는 자신이 기술자이자 해커라고 했다. 하지만 이번에는 아무도 나서지 않았다. 나는 눈을 질끈 감았다가 떴다.

"저랑 비슷한 나이의 소년이에요. 갈색 머리카락에 깨끗한 옷을 입고 있어요. 그 애도 세계 이동자예요. 다라는 우리 셋을 같이 움직이겠다고 했어요."

"친구, 우리도 그 애가 누군지 알아."

단장 옆에 있던 남자가 난감한 목소리로 말했다.

"우리 중 일부는 정리 사업 교도소로 잠입했지만 전원이 꺼진 로봇밖에 건지지 못했어."

불안감이 사실이 되었다. 이제 내 편은 아무도 없었다. 유일한 두 친구가 사라졌으니까. 내가 휘청거리자 유리가 나를 잡아챘다. 자그마한 몸집과는 달리 악력이 엄청났다. 유리는 단호하게 말했다.

"제가 75를 돌볼게요. 다들 걱정 말고 하던 일이나 계속해 주세요."

그 말을 신호로 사람들은 다들 흩어졌다. 유리는 여전히 나를 세게 붙잡고 성큼성큼 걸어갔다. 바닥에 있던 네모난 문의 손잡이를 잡아당기자 계단이 나타났다. 유리는 드디어 내게서 손을 떼고 계단을 통해 아래쪽으로 내려갔다.

"뭐 해? 내려와."

내가 내려가자 유리는 문을 닫았다. 나는 주위를 둘러보았다. 위층보다는 훨씬 작고 깨끗한 공간이었다. 아무도 없어서 그렇게 느껴지는 걸지도 몰랐다. 끝 쪽에는 음식을 조리할 수 있는 시설이 보였다. 사실 나는 그것을 뭐라고 부르는지도 몰랐다. 3세계에서는 그런 시설을 찾아보기가 어려웠으니까. 우리 집에는 아예 없었다. 3세계인들은 식재료가 아니라 식량을 배급받았으니 필요 없는 시설이기는 했다. 그리고 그 옆에서부터 매트리스가 줄줄이 놓여 있었다. 내 것처럼 곰팡이 슨 것도 몇 개 있었다.

유리는 매트리스 사이로 난 길을 걸어갔다. 조리 시설 옆에도 문이 하나 있었다. 그 문을 열고 들어가자 기다란 복도가 나왔다. 하지만 복도라기보다는 창고라는 말이 더 어울렸다. 온갖 물건들이 쌓여 있었기 때문이었다. 그리고 제일 앞에 R이 등을 기댄 채로 앉아 있었다. 나는 몸을 숙여 R을 쓰다듬었다. 하지만 R은 반응하지 않았다.

"우리도 최선을 다했어."

유리가 말했다. 그녀는 옆에 있던 탁자와 의자를 가리켰다. 그것도 '온갖 물건들' 중 하나인 것 같았다. 탁자는 깨져 있었고 내가 앉자 의자가 기우뚱거렸다.

"저…. 예의 없게 굴고 싶지는 않지만, 반-시스템단이 너무…."

나는 말꼬리를 흐렸다. 보잘것없다? 볼품없다? 어떤 단어를 선택하든 기분은 좋지 않을 것 같았다. 내가 지금까지 들어왔던 반-시스템단은 혁명가 같은 사람들이었다. 목숨을 던져야 할 정도로 위험한 혁명, 동의는 하지만 참여하고 싶지 않은 혁명. 그들은 시스템과 동급이었다. 그만큼 막강했다. 시스템과 반-시스템이 전쟁을 한다면, 나는 반-시스템이 이기길 바랐다. 하지만 직접 본 반-시스템단은 너무 작았다. 시스템과 전쟁하기는커녕 사라지지 않는 것만으로도 다행이었다.

유리는 대수롭지 않은 듯이 말했다.

"형편없다고? 그래, 맞아. 최근에 정리 사업단이 생기면서 우리 본부를 두 번이나 찾아냈거든. 기습하고, 또 기습하고. 이제 남은 사람들은 얼마 되지 않아. 재건이야 할 수 있겠지만 다시 한번이라도 기습을 당하면 정말 뿌리 뽑힐 거야."

유리가 한숨을 내쉬었다. 갑자기 무척 지쳐 보였다.

"난 동생을 잃었어. 기습이 일어나기도 한참 전 일이지. 반-시스템단은 부모님 때문에 들어오게 된 건데 부모님은 임무 수행 중에 돌아가셨고. 내게 남은 건 반-시스템단뿐이야."

나는 입을 다물었다. 이들도 나만큼, 어쩌면 나보다 힘든 삶을 보내고 있었다. 하지만 내가 반-시스템단에 들어오고 싶지 않은 건 당연했다. 지금 반-시스템단의 꼬락서니를 보면 더 그랬다. 반-시스템단은 미래가 보장되어 있지 않았다.

"반-시스템단은 주로 어떤 일을 하는지 궁금해요."

나는 적대적이지는 않지만 그렇다고 호의적이지도 않은 애매한 목소리로 말했다. 유리는 잠시 생각에 잠겼다.

"시스템은 우리를 반역자라고 치부하지. 그저 시스템이 마음에 들지 않아서 시설을 마구 폭파시키는 무뢰한들로 말이야. 하지만 사실 가장 중요한 일은 돔 밖에서도 살 수 있느냐, 혹은 세계들을 어떻게 통일하느냐 이 두 가지 질문에 대한 답을 찾는 거야."

"하지만 3세계가 사라진다면 일할 사람이 없을 텐데요."

"아니야. 이미 대폭발 이후 파괴된 기계들이 전부 복구됐거든. 굳이 사람들이 공장에 나가지 않아도 물품 보급은 충분히 이루어질 수 있어. 우리의 의문이 바로 그거야. 기계가 있는데도 왜 사람을 기계로 쓸까?"

나는 몇 초 동안은 아무 생각도 들지 않았지만 그 질문의 뜻을 받아들이자마자 손이 떨리기 시작했다. 지금까지 느꼈던 분노는 아무것도 아니었다. 왜 사람을 기계로 쓸까? 내가 평생 동안 막연히 궁금해했던 것이 단어와 단어로 엮여 불쑥 튀어나온 것 같았다. 나는 왜 기계로 살아야 했을까? 부모님은 왜 기계로 살아왔을까?

유리가 그런 나를 침착하게 바라보았다.

"75, 이해해. 넌 3세계 출신이지? 반-시스템단의 대부분이 3세계 출신이야. 하지만 지금까지는 이런 질문을 할 수도 없었겠지. 생각 자체가 잘못이잖아? 우린 답을 얻어내야 해. 답을 얻어내고 세계들을 통일해야 해. 그게 반-시스템단의 존재 이유야."

유리는 잠시 말을 멈췄다가 이었다.

"반-시스템에 입단할 준비가 됐니?"

나는 고개를 끄덕였다. 다른 선택지가 없었으니까. 하지만 이번에는 좀 달랐다. 가슴 속에서 뭔가 뜨거운 것이 울컥 치밀어 올라왔다. 물론 울분도 있었지만 단지 그것만 있는 건 아니었다. 그들과 함께 이곳을 바꾸고 싶은 마음이 들었다.

"하지만 저는 부모님을 찾아야 해요."

"우리가 함께 도울 거야."

유리의 목소리는 신뢰가 갈 정도로 강력했다. 그 말에 나는 안도감이 들었다. 그들이 내 친구라는 보장은 없지만 적어도 도움을 줄 수는 있으니까.

누군가 노크를 했다. 문이 열리며 한 남자가 고개를 내밀었다.

"저녁 시간이야."

한 번도 맡아보지 못한 좋은 냄새가 콧속으로 밀려 들어왔다. 나는 유리를 따라갔다. 매트리스가 접혀 있었고 사람들이 삼삼오오 모여서 뭔가 먹고 있었다. 유리는 조리 시설 옆에 있는 긴 테이블에서 접시를 두 개 들었다.

"아직 다른 사람들하고 같이 먹는 건 좀 불편하겠지? 따라와."

유리는 계단을 올라갔다. 두 손에 커다란 접시를 들고 있는데도 능숙했다. 홀로그램 PC를 지나 도착한 곳은 플라잉카를 세웠던 개인 주차장이었다. 유리는 접시를 바닥에 내려놓았다.

"사람들이 혼자 있고 싶을 때 오는 곳이야."

나는 유리를 따라 바닥에 앉았다. 접시 위에는 동그랗고 넓적한 갈색 물체가 놓여 있었다. 나는 숟가락 대신 놓인 포크로 그것을 쿡쿡 찔렀다.

"스테이크야. 실제 고기는 아니지만 식감과 맛을 최대한 비슷하게 구현한 거지. 대폭발 이후 살려낸 동물은 닭밖에 없기 때문에 실제 고기를 먹을 수는 없어. 너는 환상 스테이크도 먹어본 적 없지?"

"환상 스테이크요?"

"이거 말이야. 실제 이름은 길어. 다들 환상 스테이크라고 부르지."

유리는 스테이크를 먹기 시작했다. 나는 유리를 힐끔거리다가 포크로 찍은 스테이크를 한 입 베어 물었다.

"어때?"

유리가 기대에 찬 얼굴로 물었다. 나는 대답을 할 수 없었다. 도저히 형언할 수 없는 맛이었다. 소스와 어우러진 고기 맛은 기가 막혔다. 나는 환상 스테이크를 남김없이 먹어치우고는 옆에 있던 죽 그릇도 비웠다. 죽도 3세계보다 훨씬 맛이 좋았다. 부모님이 공장에서 제조했던 인공 향신료가 이곳에 들어간 걸까?

"3세계에서 올라온 사람들은 대부분 처음 식사를 했을 때 그 표정이야. 그게 재미있어서 난 자주 사람들을 안내하겠다고 나서지."

"어떻게 이런 음식을 먹을 수 있는 거죠?"

"3세계에서 올라온 물품들을 대리점들이 판매하거든. 각자 식재료를 사서 요리하거나 레스토랑에 가서 식사해."

나는 고개를 저었다.

"아니, 제 말은 그게 아니에요. 반-시스템단은 어떻게 돈이 있는 건지 궁금해요. 돈이 있어야 그런 것들을 사잖아요."

"우리 모두 직업이 있어."

유리가 재미있다는 표정으로 말했다.

"현실에선 위장하고 살아가, 가짜 신분으로."

"직업이…. 있다고요?"

2세계에서 직업을 가지는 건 내 꿈이었다. 가슴이 뛰기 시작했다. 나도 직업을 가질 수 있을까? 하지만 심장 박동은 서서히 잦아들었다. 난 부모님을 찾아야 했다. 지금 당장.

"괜찮아? 상태가 안 좋아 보이는데."

유리가 물었다. 나는 입술을 깨물었다.

"부모님 찾는 걸 도와주세요."

유리는 대답하지 않고 날 한참 동안 바라보았다. 걱정스러운 눈빛이었다. 나는 우리가 통하기를, 내 간절한 바람이 전해지기를 기다렸다.

"알았어."

유리가 말했다.

"어려운 일은 아닐 거야. 하지만 중간에 추적이 끊겼을 수도 있어."

유리는 내게 여기서 기다리라고 말하고는 사라졌다. 나는 주위를 둘러보았다. 어느새 인공 태양이 지고 있었다. 물론 위치는 그대로였다. 다만 밝기가 내려가고 있어서 이제는 두 눈으로 쳐다볼 수 있었다.

"ZG-75라고 했니?"

작은 목소리가 들리자 나는 고개를 돌렸다. 왜소한 몸집의 남자가 유리와 서 있었다. 나는 고개를 끄덕였다.

"반갑다. 나는 온라인상에서 사람을 추적할 수 있는 해커야. 유리가 네 부모님 찾는 걸 부탁했지. 부모님이 정리 사업 교도소에 있었던 게 맞니?"

"아마도요. 근데 확신할 수는 없어요."

"번호는?"

"HW-466, JM-67이요."

남자는 다라가 했던 것처럼 미소를 지었다. 그리고 주차장에서 나갔다.

"최선을 다해서 해줄 거야. 내가 지금까지 본 사람 중에서 가장 뛰어난 해커거든."

유리가 말했다.

"입단식은 몇 분 후야. 같이 갈까?"

"네."

나는 고개를 끄덕였다. 하지만 아직도 사람들을 마주하는 게 불편했다. 나는 다라의 죽음에 책임이 있다. 유리처럼 모두가 날 반기지는 않을 것 같았다. 3세계에서도 나를 반기는 사람은 아무도 없었다. 문제아, 저능아, 반항아. 따라붙는 이름도 다양했다.

입단식을 위해 설치된 무대에서 제일 앞에 있는 단장과 눈이 마주쳤을 때도 불편한 건 마찬가지였다. 두건을 벗은 단장은 40대 후반 정도 되는 남자였는데 굉장히 별난 수염을 기르고 있었다.

끝 쪽에 선 유리가 나에게 질문을 했다. 입단식의 절차인 것 같았다.

"당신의 번호는 무엇입니까?"

"ZG-75입니다."

"당신은 시스템에 저항할 것을 선서합니까?"

"네."

"마지막으로, 당신의 이름은 무엇입니까?"

난 무슨 말인지 몰라 유리를 멀뚱히 보았다. 내 이름은 ZG-75였다. 아까 대답했는데 왜 또 물어보는 거지? 유리가 속삭였다.

"내 이름도 원래는 YG-99였어. 입단하자마자 유리로 바꾼 거야."

아. 그제야 말뜻이 이해됐다. 하지만 여전히 생각은 멈춰 있었다. 나는 나다. 이렇게 갑자기 이름을 만들 수는 없었다. 나라는 존재를 한 단어로 정의할 수 없었다. 그건 나에게 너무 버거운 일이었다. 나는 처음부터 부여받은 번호를 가지고 있을 뿐이었다.

"이름 같은 건 가지고 싶을 때 만들어도 돼."

굵은 목소리가 들렸다. 단장이었다. 단장은 혼자서 박수를 치기 시작했다. 손을 높이 들어 모두에게 보이도록 했다. 사람들이 서서히 박수를 치기 시작했다. 박수는 한데 모여 엄청나게 큰 소리를 만들어 냈지만 귀가 아프지 않았다. 그들은 나를 환영하고 있었다. 나는 고개를 숙여 인사를 했다. 짧고 간단했다. 박수 소리가 더 커졌다.

입단식은 그 세 가지 질문이 끝이었다. 사실 대부분의 사람들은 입단식을 핑계로 즐겁게 먹고 마시는 것 같았다. 나는 홀 가운데에서 사람들이 술과 음료수를 마실 때 아까 그 해커가 홀로그램 PC에 바싹 붙어 앉아 있는 것을 보고 신뢰감이 생겼다.

유리가 내게 몇 사람들을 소개시켜 주었다. 전부 좋은 사람들이었다. 내가 불편해하지 않을 정도로 가벼운 말을 건네고 웃어주었다. 나도 웃었다. 부모님을, R을, 시호를 잃은 일은 잊은 것처럼. 완전히 사라진 것처럼.

"피곤하지?"

유리가 나를 보고 물었다. 나는 고개를 끄덕였다. 사람들이 하는 말이 윙윙거리는 소리로 들리기 시작했다. 유리는 나를 아까 그 매트리스가 있던 방으로 안내했다. 맨 끝에 있는 매트리스가 내 몫으로 할당된 것이었다.

유리는 금방 나갔다. 불 꺼진 방에는 아무도 없었다. 하지만 어둡지는 않았다. 창밖으로 불빛이 새어 들어왔다. 2세계의 화려한 불빛들이었다.

나는 이곳에서 잘 수 없었다. 3세계처럼 완전히 어두운 곳이 편했다. 나는 조심스럽게 창고 문을 열었다. R이 보였다. 여전히 벽에 기대고 앉아 있었다. 그 윤곽선은 익숙했다. 나는 R 옆에 앉아 한쪽 팔을 둘렀다. 그리고 고개를 살짝 기울여서 R에게 기댔다. 창고 문을 닫자 어둠 속에는 아무것도 보이지 않았다. 하지만 내 곁에는 R이 있었다. 나는 천천히 눈을 감았다.

7.
의심

소란스러운 소리에 눈을 떴다. 창고에는 아무도 없었다. 나는 창고 문을 열고 밖으로 나갔다. 부엌에도 아무도 없었다. 홀 쪽으로 올라가자 사람들이 바쁘게 왔다 갔다 하는 것이 보였다. 플라잉카 여러 대가 시동을 걸고 대기 중이었고, 유리를 비롯한 사람들이 무기를 옮기고 있었다.

"어디 가요?"

나는 유리를 붙잡고 물었다. 유리는 잔뜩 흥분한 기색이었다.

"다라의 생체 신호가 잡혔어! 다라는 멀쩡해. 그리고 위치 추적도 가능해! 계속 움직이고 있어. 우리가 데리러 가야 해. ZG-75, 아침은 혼자 먹을 수 있지? 일만 제대로 풀린다면 우린 서너 시간 후에 다라를 데리고 도착할 거야."

내가 대답을 할 새도 없이 유리는 사라졌다. 다라가 살아 있다고? 처음에는 기뻤다. 나도 다라를 구하러 가고 싶을 정도였다. 하지만 흥분으로 찬 몇 분이 지나자 머리가 차갑게 식으면서 부정적인 생각이 들었다. 만약 이게 조작된 거라면? 내게 증거를 얻기 위해 정리 사업단이 비공식 아바타를 조작한 일이 떠올랐다. 생체 신호라고 조작하지 못할 이유가 없었다.

나는 유리에게 이 사실을 말하기 위해 한참 동안 사람들 사이를 돌아다녔다. 하지만 유리는 아무 데도 없었다. 대신 사람들 사이에서 이것저것 지시하는 단장이 보였다. 어제 이름을 만들지 않아도 괜찮다고 했던 단장이 떠올랐다. 가능성이 적었지만 시도는 해볼 만했다.

"단장님!"

단장은 나보다 30cm는 더 큰 데다 주변이 시끄러웠기 때문에 나를 알아채는 데 시간이 좀 걸렸다.

"왜 그러지?"

"어쩌면 이게 조작일 수도 있어요. 반-시스템단을 끌어내리려고요. 저도 정리 사업 교도소에 갇혀 있을 때 가상 학교에 접속했는데 누군가 시호로 위장해서 말을 걸었거든요. 조금 더 알아보고 결정해도 되지 않을까요?"

단장은 음, 하고 말을 시작했다. 하지만 그게 별로 좋은 신호가 아니라는 것을 알 수 있었다.

"걱정은 고맙지만 다라는 칩을 심었기 때문에 그걸 조작할 수는 없단다. 너는 여기 남아 있어. 정예 부대를 전부 출발시킬 거니까 아마 너밖에 남지 않을 거다."

"하지만…."

나는 뭔가 더 말하려고 했다. 하지만 단장은 내 말을 듣지 않고 가버렸다. 이제 포기해야 할 때였다. 나는 다시 창고로 돌아갈까 생각했지만 마지막으로 한 번만 더 유리를 찾아보기로 결심했다.

"유리!"

유리는 무대 뒤쪽에서 총알 벨트를 착용하고 있었다. 나는 유리에게로 성큼성큼 걸어갔다. 이미 한 번 거절을 당해서인지 말이 더 듬거리며 나왔다. 유리는 하던 일을 멈춘 상태로 내 말을 주의 깊게 들었다.

"그리고 정예 부대를 전부 출발시키는 건 현명하지 않은 것 같…."

"75."

유리가 내 말을 끊었다.

"단장님은 확실히 해두려는 거야. 다시는 다라를 잃고 싶지 않겠지. 우리에게 다라는 굉장히 큰 의미야."

나는 입을 다물었다. 다라가 그렇게 된 데에는 내 책임도 있었다. 더 말릴 수는 없었다. 나서야 할 때가 아닌 것 같았다.

"알겠어요."

"참, 이거."

유리가 주머니에서 봉투 하나를 꺼냈다. 네모반듯한 편지봉투였는데 안에 종이가 들어 있었다.

"네 부모님의 행방과 관련된 서류야."

나는 아무 말도 하지 못했다. 내 눈에서 눈물이 글썽거리는 것을 본 유리는 나를 끌어안았다. 마치 언니처럼. 나도 유리를 힘껏 끌어안았다.

나는 플라잉카들을 배웅했다. 내게 손을 흔드는 사람도 몇 있었다. 다시 보니 그들의 숫자는 정말 적었다. 반-시스템단이 이렇게까지 약해졌다는 게 실감 나지 않았다.

모두가 떠난 후 나는 본부를 둘러보았다. 다시 R 곁으로 가고 싶었다. 내 말을 듣지 못한다는 걸 알지만 R 옆에서 편지를 열고 우리의 모험이 방향을 잡았다는 걸 알려주고 싶었다.

어젯밤처럼 창고에 가서 탁자에 앉았지만 쉽게 편지를 열 수 없었다. 손이 계속 떨렸다. 어디로? 그들은 어디로 갔을까? 내가 만날 수 있는 곳에 있을까?

계속 심호흡을 한 끝에 나는 편지봉투를 살짝 집어 들었다. 그때 이상한 소리가 들렸다. 극도로 긴장해 있어서 잘못 들은 거라고 생각했지만 또 소리가 들렸다. 알아들을 수 없는 말소리와 사람들이 뛰어다니는 소리였다. 나는 손을 멈췄다. 그리고 편지를 숨길 곳을 찾다가 신발 밑창에 넣었다. 이제 말소리를 알아들을 수 있는 것으로 보아 그들이 가까이 온 것 같았다.

"아무도 없습니다."

"전부 속았군. 나는 반-시스템단을 잘 알아. 그 문도 열어봐."

발걸음 소리가 점점 커졌다. 나는 눈을 질끈 감았다. 그리고….
모든 게 사라졌다.

8.
범죄자들의
세계

깨어났을 때는 얼마나 시간이 흐른 건지 알 수 없었다. 다리가 바닥에서 질질 끌리는 것으로 보아 나를 누군가 잡아당기는 중이었다. 하지만 내 팔은 뭔가를 세게 그러안고 있었다. R이었다.

"로봇에게서 손을 안 떼."

나를 끌고 가던 사람이 손을 놓자 나는 R과 함께 바닥에 쓰러졌다. 눈은 뜨고 있었지만 R을 안고 있는 팔은 풀리지 않았다.

"내버려 둬. 우리 일은 여기서 끝이니까."

옆에 있던 사람이 말했다. 그들은 걸어서 사라졌는데 나는 쫓아갈 힘이 없었다. 그들이 T의 수하들인지, 정리 사업단인지 알 수도 없었다. 하지만 나를 어딘가에 버려두는 건 확실했다.

나는 끙 소리를 내며 몸을 일으켜 세우려고 해보았다. 하지만 건성으로 시도하다가 다시 고개를 떨어트렸다. 몸보다 머리가 안 돌아가고 있었다. 단장과 유리를 비롯한 반-시스템단이 모두 나가자마자 누군가 본부를 기습했다. 한 번만 더 기습을 당하면 뿌리가 뽑힐 거라는 유리의 말이 떠올랐다. 다라의 생체 신호는 정말로 속임수였던 걸까? 설마 모두가 죽은 걸까?

나는 팔을 들어 올렸다. 덜커덕 소리를 내며 R이 풀려났다. 내 팔에는 새파란 멍이 들어 있었다. 무의식적으로 R에게서 손을 떼지 않은 것 같았다.

팔을 들어 올리자 다음 순서도 쉬웠다. 왼쪽 팔로 바닥을 짚고 몸을 어느 정도 들어 올렸다. 그다음에 오른쪽 팔로 다시 바닥을 짚었다. 주변이 눈에 들어왔다. 황무지였다.

황무지라는 것은 그곳이 결코 2세계가 아니었다는 말도 된다. 아주 오래되어 보이는 끝없는 아스팔트가 황색으로 물들어 있었다. 게다가 태양 빛은 아주 희미했다. 가득 차오른 안개 때문에 나는 콜록거리며 기침을 했다. 하지만 조금 후에 그 안개가 갈색 먼지라는 것을 깨달았다. 눈에 먼지가 들어가서였는지 모르겠지만 눈물이 흘러내리기 시작했다. 눈물은 부모님을 위해서, R을 위해서, 시호를 위해서, 반-시스템단의 사람들을 위해서였다. 가슴 속에서 뭔가 아주 격렬한 뭔가가 터져 나오는 것 같았다.

나는 최선을 다했다. 최선을 다한 결과가 고작 이 정도였다. 아무리 발버둥 쳐도 다시 원점, 또다시 원점이었다. 그것은 나를 계속 끌어내리고 있었다. 눈물과 함께 텁텁한 먼지가 콧속과 입속으로 밀려 들어왔다. 내 울음소리는 흐느낌을 벗어나서 뭔가 사람이 아닌 것의 포효처럼 변해가고 있었다. 그때였다.

"조용히 좀 해."

나는 울음을 멈추려고 애쓰며 그쪽을 돌아보았다. 붉은색 반원 모양의 헬멧을 쓴 사람이었다. 사실 다른 상황에서 만났다면 조금 우스꽝스러웠을 수도 있었을 것 같았다. 목소리는 헬멧 안에서 울리는 듯한 소리가 났다. 내가 대답을 하지 못한 채 앉아 있자 그 사람이 다시 말했다.

"여기 사람들은 성질이 고약해. 계속 그렇게 시끄럽게 울면 분명 팔이나 다리 하나가 부러질 거야."

그는 손에 들고 있던 헬멧을 하나 내밀었다. 회색빛이 돌고 좀 더 동그란 것이었다. 나는 받지도 않고 고개를 돌리지도 않았다. 서서히 울음이 잦아들었다. 헬멧을 쓴 사람은 다시 말했다.

"4세계의 대부분은 돈이 생기면 싸구려 술이나 먹을 것을 사지. 하지만 제일 먼저 사야 하는 건 이 헬멧이야. 먼지를 걸러내는 기능이 있거든. 계속 먼지를 마시면 결국 죽고 말걸?"

나는 그 말이 사실인지 알 수는 없었지만 헬멧을 받아 들었다. 사실 거절할 힘도 남아 있지 않았다. 헬멧을 쓰자 놀랍게도 쓰기 전보다 훨씬 시야가 넓어지고 숨 쉬기 편해졌다.

"여기가 4세계라고요?"

내 목소리도 잔뜩 쉬었지만 울리는 듯한 소리였다. 헬멧을 쓴 사람이 고개를 끄덕였다.

"적어도 자신이 추방당한 이유는 알 텐데."

"음…. 반-시스템단의 일원이라서 그런 걸까요?"

"반-시스템단?"

그의 목소리는 마치 엄청나게 싫어하는 것을 말하는 듯했다. 나는 R을 끌어당기며 말했다.

"그럼 이런 곳에 있으면서 반-시스템단을 싫어하는 건가요?"

"그들은 혁명가야. 난 범죄자고. 시스템 같은 것에 신경 쓸 여력이 없지."

그는 엄청난 소리를 내며 바닥에 털썩 주저앉았다. 그의 벨트에는 반-시스템단 문양이 새겨져 있었다. 내가 그것을 빤히 바라보자 그가 말했다.

"나도 한때 반-시스템단과 일했어."

"왜 이곳에 왔죠?"

"아주 오래전 있었던 기습에서 여러 명이 포로로 잡혔지. 그중 나도 있었고."

나는 약간 부드러워진 태도로 R에게서 손을 뗐다.

"그럼 범죄자가 아니잖아요."

"돔 안에서는 범죄자야."

나는 한숨을 내쉬었다. 헬멧의 유리에 김이 서렸다가 사라졌다. 그의 말이 맞았다. 4세계에 온 이상 나는 범죄자였다.

"여기 올 거라고는 생각도 못 했어요."

"누구나 그래. 다시 올라갈 수 있다는 희망을 갖지. 하지만 서서히 깨달아 가. 절대, 절대, 절대 다시는 올라갈 수 없다는 걸."

나는 그를 바라보았다. 목소리는 남자인 것 같았다. 하지만 원모습을 알아볼 수 없을 정도로 해진 옷을 입은 그는 나이를 짐작할 수 없었다. 말투만 봐서는 어린아이 같기도 하고 아주 늙은 노인 같기도 했다.

"제 이름은 ZG-75예요."

나는 악수를 청했다. 누군가에게 나를 자발적으로 소개하는 건 처음이었다. 그는 낡은 장갑을 낀 손으로 내 손을 맞잡았다.

"난 빅이야."

"4세계 사람들은 코드가 없나요?"

"3세계 출신들은 있겠지. 여긴 '존재하지 않는 아이'도 있어. 4세계에서 태어난 아이들은 등록되지 않거든. 자, 일어나. 고물 산 쪽으로 가보자고."

나는 순순히 일어났지만 R을 혼자서 들 수 없다는 걸 알고 난감해졌다. 빅은 내 문제를 이해한 것 같았지만 여전히 퉁명스러운 목소리였다.

"그 로봇은 버려두고 가. 어차피 쓸 수도 없을 거야."

"안 돼요. 전 약속을 했어요."

"무슨 약속?"

R을 잡은 내 손에 힘이 들어갔다.

"다시는 버리지 않겠다는 약속이요. 전에 그런 적이 있었거든요.

이 로봇을 버리는 건 제 친구를 버리는 거랑 똑같아요."

빅은 성큼성큼 걸어서 지나치더니 내가 잡고 있는 반대편을 들어 올렸다.

"감사합니다."

나는 짐짓 소리를 높였지만 빅은 아무 말도 하지 않았다. 나와 빅, 그리고 R은 아주 천천히 먼지 속을 벗어나기 시작했다.

"시체 산은 쳐다보지 마."

"시체 산이라고요?"

"무덤을 만들려면 돈이 들어서 여기다 쌓아 두지."

어디선가 악취가 나기 시작했다. 나는 정말 산처럼 쌓인 무언가를 볼 수 있었다. 하지만 전부 눈에 들어오기 전에 고개를 돌려버렸다. 보고 싶지 않았다. 만약 저곳에 부모님이 있다면? 그것을 마주할 용기가 없었다.

빅은 한동안 말없이 걷기만 했다. 그러다가 멈춰 섰다. 나는 거대한 빈민촌 같은 것을 볼 수 있었다. 빼곡히 쌓인 고철과 잔재들 사이사이에 집과 사람들이 들어차 있었다.

"고물 산이야. 4세계 중에서 가장 깨끗한 곳이지."

하지만 그건 아닌 것 같았다. 여전히 뿌연 먼지는 그대로였고 악취도 드문드문 났다. 빅은 변두리에 있는 컨테이너 박스를 자랑스럽게 탁탁 두드렸다. 컨테이너 박스 옆에 설치된 고철로 된 기둥은 전부 뜯겨 있었다.

"내 집이야."

"멋지네요."

나는 조심스럽게 말했다. R을 들고 있는 팔이 점점 저려오는 데다 멍든 곳은 시큰거렸기 때문이었다. 다행히 빅은 컨테이너 박스를 오랫동안 감상하지 않았다. 그가 문을 열고 들어가자 나는 안쪽을 볼 수 있었다. QB-370의 방은 저리 가라 할 정도로 엉망진창이었는데 대부분 고철이었다.

"자, 먹어."

빅이 접시를 내밀었다. 나는 접시에 담긴 옥수수를 보고 깜짝 놀랐다. 식물 공장이 3세계에 있기는 했지만 그곳은 출입 금지였다. 게다가 3세계 사람들은 과일이나 채소를 절대로 먹을 수 없었다. 2세계에서도 죽에서 약간의 채소 맛이 나기는 했지만 그건 그저 채소 팩일 뿐이었다. 신선한 채소를 눈앞에서 보는 건 정말 어려운 일이었다.

"이걸 어떻게 4세계에서 먹을 수 있죠?"

"4세계의 어떤 사람이 흙을 개발했거든."

빅은 아무렇지도 않은 일처럼 말했다.

"그러자 너도나도 개발자에게 가서 흙을 사들였어. 하지만 농사를 짓는 건 어려운 일이었지. 여긴 태양이 없잖아. 지하라서 인공 태양밖에 답이 없는데 제대로 작동되지 않거든. 알다시피 뭔가 문제점이 있어도 고쳐주지 않으니까 말이야."

"4세계가 지하라고요?"

"4세계, 5세계는 지하야. 3세계가 지면과 연결되어 있지."

나는 헬멧을 벗고 옥수수로 손을 뻗었다. 옥수수를 베어 물자 고소한 내음이 확 풍겼다. 빅은 말을 이었다.

"그러던 중 한 농장이 태양기를 발명했어. 태양기는 간이 태양 역할을 하는 기계라고 할 수 있지. 태양기를 만드는 방법을 알려주면 많은 사람들이 굶어 죽지 않을 텐데 그 농장주는 음식을 독점해서 돈을 벌 생각에 비밀에 부쳤어."

빅은 접시에 남은 옥수수를 하나 들어 올렸다.

"그리고 난 그 농장에서 옥수수를 산 거야. 끝."

"그게 끝이라고요?"

나는 피식 웃었다. 옥수수 때문인지 기분이 훨씬 나아졌다. 빅은 고철 몇 개를 집어 들더니 물었다.

"내가 이 로봇을 좀 봐줄까? 첨단 기술을 잘 알지는 못하지만 이것저것 만드는 걸 좋아하거든."

"네."

거절할 이유가 없었다. R을 고칠 수 있다는 희망이 다시 올라오기 시작했다. 빅은 한참 동안 R을 살펴보았다. 심장 쪽에 있는 버튼도 보고 전선이 뭉쳐져 있는 팔 쪽을 보기도 했다.

"끝났어. 해줄 수 있는 게 없네."

나는 어깨를 늘어뜨리는 대신 옥수수를 맹렬하게 집어삼키기 시작했다. 아침을 걸러서인지 배가 무척 고팠다. 빅은 이어서 말했다.

"그런데 전원이 완전히 꺼진 건 아니야."

"그게 무슨 말이죠?"

"지금 계속 작동하고 있는 기능이 있어. 그게 정확히 어떻게 작동하는지는 모르겠는데…. 눈이야."

옥수수가 목에 걸려 캑캑거리자 빅이 물통을 내밀었다. 나는 물통이 바닥을 드러낼 때까지 물을 마셨다. 마침내 물을 다 마신 나는 탁 소리를 내며 물통을 내려놓았다.

"그러면 R이 지금까지 모든 걸 다 보고 있었다는 거예요?"

"그래. 그건 소리도 들을 수 있다는 말이야. 안구에 청취 기능도 포함되어 있거든. 다만 스피커 기능이 있는 입 같은 경우는 전원이 꺼지면서 함께 꺼졌어."

나는 입술을 깨물었다. 시호가 지금 옆에 있어서 R을 고칠 수 있다면! R 쪽으로 다가가자 여전히 누워 있는 낡은 로봇이 보였다.

"R…."

나는 로봇에게 손을 뻗었다. 하지만 무슨 말을 해야 할지 몰랐다. 널 고칠 거라고? 기다려 달라고? 하지만 조금 뒤에 내가 하고 싶은 말을 깨달았다.

"고마워."

나는 한 글자씩 힘을 줘서 말했다. R의 눈동자에 내가 오롯이 담기기를 바라며. 눈동자를 지나 심장까지 전달되기를 바랐다. 괜찮을 거라고 말하는 건 내 영역이 아니었다. 실제로 괜찮을지는 몰랐으니까. 하지만 고마운 건 사실이었다. 지금 여기까지 무너지지 않고 올 수 있었던 것은 R 덕분이었다. 그 모습을 바라보던 빅이 말했다.

"쓰레기 산 부근에 새로운 기술자가 왔다고 들었어. 로봇을 고칠 수 있을지도 몰라."

"쓰레기 산은 고물 산과 다른 곳인가요?"

나는 진지하게 물었다. 빅이 고개를 끄덕였다.

"훨씬 사정이 안 좋아. 온갖 쓰레기를 구분도 없이 쌓아놓아서 상상도 할 수 없을 만큼 악취가 풍기거든."

"한번 가봐요."

내가 결심해서 말하자 빅은 고철들을 두드리기 시작했다. 잘 굴러가지 않을 것 같은 바퀴까지 달자 허름한 수레가 완성됐다. 빅은 한참 동안 낑낑거리며 R을 수레에 실었다.

"내가 밀게."

나는 내심 수레가 부서지지 않을까 생각하며 다시 헬멧을 썼다. 우리는 아까 왔던 쪽과 반대로 걷기 시작했다. 아스팔트라서 바닥이 평평했지만 한 걸음을 뗄 때마다 온갖 잡동사니가 널려 있었다. 수레는 금방이라도 무너질 것처럼 덜그럭덜그럭 소리를 냈다.

"여기야."

나는 그제야 고물 산에서 나던 악취의 근원을 알아차렸다. 바로 이곳이었다. 쓰레기 산이라는 이름에 걸맞게 어디에나 쓰레기가 널려 있었다. 빅은 왜소한 울타리를 가리켰다. 쓰레기 산의 경계인 것 같았다.

"ZG-75라고 했지? 이제부터는 사람들에게 함부로 말을 걸면 안 돼. 심기를 거스를 수 있거든."

"말을 걸면 안 된다고요?"

"그래. 나도 아이들에게 마스크를 나눠주다가 흠씬 두들겨 맞은 적이 있어."

빅은 울타리 옆으로 돌아가서 덜그럭대는 수레를 끌고 쓰레기 위로 지나갔다. 빅의 말이 과장이 아니었던지 사람들은 우리를 이상한 눈초리로 노려보았다. 나는 음식물 쓰레기를 줍는 아이들을 보았다. 그 아이들은 쓰레기 산 사이로 들락날락하며 들고 있는 가방에 음식물 쓰레기를 채웠다.

"기생충이 있을 텐데."

내가 중얼거리자 빅이 조용히 하라는 손짓을 했다. 아이들은 연령대가 다양했는데 대부분 더러운 천 쪼가리를 걸치고 있었다.

아이들이 보이지 않는 곳까지 가자 빅이 말했다.

"부모는 아이들에게 별 관심을 주지 않아. 음식을 충분히 가져오지 않으면 때리는 일도 다반사지. 쓰레기 몇 개 갖고 사람을 죽이는 일은 쉽게 벌어져."

빅은 내 대답을 듣기 전에 뭔가를 발견했다. 쓰레기 더미 위에서 우리를 바라보는 한 남자였다. 그 남자는 30대 후반쯤으로 보였는데 얼굴이 하얗게 질려 있었다.

"빅, 여긴 왜 왔어요? 저번에 헬멧을 전파하려던 일 때문에 한동안 들어오지 말라고 경고 당했잖아요."

"그런 말 할 시간에 자네도 헬멧이나 써."

빅이 천연덕스럽게 말했다. 남자는 초조하게 건너편을 돌아보았다.

"전 가야 해요."

"기다려 봐. 새로운 기술자가 왔다고 들었어. 여기 있는 ZG-75 는 로봇을 고쳐야 한대."

"다짜고짜 버려진 사람 돕는 것 좀 그만하세요."

남자가 나는 투명 인간이라도 된 듯 무시한 채 한숨을 푹 내쉬었다. 나는 기분이 썩 좋지는 않았지만 R을 고치리라는 희망을 가지고 그대로 서 있었다.

"확실하지는 않지만 깃시다의 집에 있을 거예요."

"깃시다의 집?"

"마지막으로 그곳에서 목격됐다고 했으니까요."

빅은 잠시 뭔가를 골똘히 생각하는 것 같았다. 하지만 금방 휙 돌아서서 소리쳤다.

"가자!"

나는 깃시다의 집이 실제로 깃시다라는 사람의 집인 줄 알았다. 하지만 깃시다의 집은 노골적으로 분홍색 조명을 틀어놓은 유흥업소였다. 간판에 쓰인 글씨는 어딘가 불쾌한 분위기를 풍겼다.

3세계에서는 유흥업소가 불법이었다. 애초에 가게를 열 수도 없었다. 그들은 오직 공장에서 일하는 것만 허용됐다. 하지만 그토록 불평했던 공장도 이곳보다는 나을 것 같았다.

빅이 수레를 끌고 깃시다의 집 안으로 들어서자 카운터 앞에 있던 여자가 화들짝 놀라서 우리를 바라보았다. 이상한 헬멧을 쓴 두 사람과 수레에 실린 로봇이 우르르 몰려들어 왔으니 그럴 만도 했다.

"로봇은 밖에 두고 들어오셔야 해요. 처음 오신 거죠?"

여자는 꺼림칙한 목소리로 물었다. 빅이 고개를 저었다.

"우린 기술자를 찾으러 온 거야."

"나가세요."

여자가 책상을 쾅 쳤다. 우리가 돈이 되지 않는다는 것을 알아챈 듯했다. 나는 카운터 뒤쪽에 문이 하나 있는 것을 발견했다. 눈길이 간 이유는 여자가 문을 막으려는 것처럼 기대고 서 있었기 때문이었다.

나는 카운터 안쪽으로 들어갔다. 예상치 못한 상황이었는지 여자가 날카롭게 비명을 지르며 비켜섰다. 문은 쉽게 열렸다. 하지만 그곳에는 아무것도 없었다. 창고인 듯 빗자루와 자질구레한 것들이 쌓여 있을 뿐이었다.

"아무것도 없잖아! 나가라고."

여자가 나에게 소리를 질러댔다. 아마 막무가내였던 사람이 한둘은 아니었던 모양인지 여자의 손에 몽둥이가 들려 있었다. 여자가 그 몽둥이를 치켜들자 빅이 나를 재빨리 끌어당겼다.

"갈 겁니다, 진정해요."

나는 반강제로 깃시다의 집에서 끌려 나왔다. 빅은 입구에서 아주 멀리 떨어지자 입을 열었다.

"누군가 위협하면 그대로 도망쳐야 해. 이곳에서의 위협은 다음 순간 살인이 될 수 있거든."

"하지만 기술자는….."

"잊어버려."

빅이 단호하게 말했다.

"로봇을 고치는 것보다 네 목숨이 더 중요할걸. 다음에 기회가 또 있을 거야."

"알겠어요."

나는 힘이 빠진 목소리로 중얼거렸다. 하지만 다음 순간 그 카운터의 여자처럼 비명을 질렀다. 빅이 놀라 수레에서 손을 뗐다.

"왜 그래?"

"공이 없어요. 깃시다의 집에서 떨어트렸나 봐요."

"공이라니 그게 무슨 소리야?"

나는 처음부터 모든 걸 설명해야 했지만 그럴 시간이 없었다. 부모님과 나의 유일한 연결고리. 부모님이 마지막으로 내게 남긴 것. 잃어버릴 수는 없었다.

"여기서 R과 함께 있어줘요."

나는 간신히 한 마디를 남기고는 우리가 밟았던 길을 되돌아 뛰기 시작했다. 다리는 힘차게 움직였지만 머리는 부정적인 추측으로만 이끌었다. 4세계에 내려왔을 때부터 공이 있는지 없는지는 확실하지 않았다. 아마 훨씬 이전에 나를 이곳으로 추방하기 전 누군가 공을 가져갔을 수도 있다. 게다가 더 이상 이 공으로는 부모님과 연락할 수 없다. 마멜이 준 영상 편지에서 그들이 말하지 않았던가. 공을 도둑맞았다고.

이 모든 것을 알고 있으면서도 나는 멈추지 않았다. 마침내 깃시다의 집 안으로 달려들었을 때 나는 카운터 앞의 여자가 바뀐 것을 보고 잠깐 멈출 여유도 남아 있지 않았다.

아까 있던 여자가 20대 초중반이었다면 지금은 60대는 훌쩍 넘긴 것 같은 노부인이었다. 하지만 그녀는 새카만 머리를 몇 겹으로 틀어 올리고 이미 노화가 진행된 얼굴에 짙은 화장을 해서 본래 모습을 알아보기가 힘들었다.

"이런, 그러니까 네가 아까 난동을 피운 손님이구나. 링링이 겁을 먹고 내게 있어달라고 하던데."

나는 노부인의 말을 건성으로 들으며 카운터 안쪽을 바라보았다. 공이 떨어졌다면 그곳일 것이었다. 빅이 나를 끌어낼 때 뭔가 탁 하는 소리를 들은듯했다. 하지만 노부인의 커다란 몸집이 카운터 안을 남김없이 채우고 있어서 바닥은 보이지 않았다.

"기술자를 찾는다고 했다지? 예의 있게 굴면 기술자를 만나게 해 주마. 내 이름은 깃시다야."

노부인이 손을 내밀었다. 필사적으로 이곳저곳을 훑으며 공을 찾던 나는 그제야 그녀가 내민 손에게로 눈길을 돌렸다.

"전 그저 제 물건을 찾고 싶을 뿐이에요. 여기에 떨어트렸거든요."

내가 설명하자 깃시다는 활짝 미소를 지었다. 마치 천적이 먹잇감에게 짓는 미소 같았다.

"물론 네 물건도 찾게 도와줄 거란다. 자, 이름이 뭐지?"

"왜 제 이름을 묻는 거죠?"

나는 반사적으로 한 걸음 물러서며 말했다. 이곳이 마음에 들지 않았다. 깃시다는 더더욱 마음에 들지 않았다. 분홍색 조명도 불쾌했고 쉴 새 없이 나오는 노랫소리는 시끄러웠다.

"4세계로 추방된 사람들은 대부분 일자리가 없지. 우리는 남녀노소 가리지 않고 그런 사람들의 문제를 해결해 준단다."

깃시다가 노래하듯이 말을 이었다. 그녀는 눈을 빛내며 갑자기 내게 손을 뻗었다.

"너도 아마 돈이 없어 곧 굶어 죽을 테지. 여기 와서 일해보는 건 어때?"

"손 치워, 이 더러운 장사꾼."

나는 깃시다의 손을 뿌리쳤다. 하지만 깃시다는 우악스러운 손으로 내 어깨를 더 강하게 쥘 뿐이었다.

"잘 생각해 봐. 일자리를 구하기는 쉽지 않을 거야. 누군가는 비참한 일이라고 하겠지만 강도짓을 하는 것보단 낫지 않겠니? 적어도 누군가에게 피해 주는 일은 아니잖아. 정정당당한 일이라고."

"이건 직업이 아니라 억압이야. 언제까지 힘 있는 사람들이 힘 없는 사람들을 지배해야 하는데? 이 손 치우라고 했잖아!"

나는 자유롭게 움직일 수 있는 왼손을 들어 깃시다의 얼굴을 정통으로 가격했다.

"내 코!"

깃시다가 울부짖으며 내게 손을 뗐다. 그녀의 코는 굉장히 이상한 모양으로 뭉개져 있었다. 나는 그 틈을 이용해 깃시다를 밀치고 카운터 안쪽을 재빨리 훑어보았다. 하지만 공은 없었다.

'창고 안에 공을 떨어트렸을 가능성이 있을까?'

나는 카운터 뒤쪽의 문을 열어젖혔다. 하지만 더 놀라운 것을 발견했다. 빗자루와 자질구레한 것들은 또 다른 문이었다. 창고처럼 위장해서 여닫을 수 있게 한 것이었다. 그 문이 반쯤 열려 있었고 안에는 한 소년이 홀로그램 PC의 키보드를 두드리는 중이었다.

"시호!"

나는 숨이 막혀 외쳤다. 시호가 그 기술자였던 것이다. 놀라운 재회에 다른 것은 모두 잊어버린 것 같았다. 시호는 고개를 홱 돌리더니 잠시 동안 내가 누군지 생각하는 것 같았다. 헬멧을 쓰고 있으니 그럴 만도 했다. 하지만 시호는 금방 내 목소리를 기억해 냈다.

"75! 여길 어떻게….."

하지만 시호는 뒷말을 삼켰다. 코를 감싸 쥐고 있는 깃시다 뒤에서 위압적인 남자 두 명이 나타났기 때문이었다. 깃시다가 버럭 소리쳤다.

"잡아!"

시호는 나를 창고 안으로 끌어당기고 책상으로 문을 막았다. 그 바람에 바깥의 빛과 단절돼서 홀로그램 PC의 파란빛만 방 안을 맴돌았다. 문을 쾅쾅 두드리는 소리가 들렸다. 나는 시호에게로 고개를 돌렸다.

"여긴 출구가 없잖아! 어떻게 할 작정이야?"

"미안해. 계속 저 사람들한테 맞았더니 나도 모르게 그만….."

시호가 풀 죽은 목소리로 중얼거렸다. 하지만 나는 홀로그램 PC 앞에 놓인 공에게 정신이 팔렸다.

"이건 내 공이잖아. 역시 여기에 떨어트린 게 맞았어."

나는 공을 주워 들고 이곳저곳 살폈다. 다행히 공은 멀쩡했다. 그뿐만 아니라 오히려 더 깨끗해진 것 같았다.

"저기, 지금 중요한 건 그게 아닌 것 같아."

시호의 말이 끝남과 동시에 문 가운데가 부서지며 두 남자가 창고 안으로 들어섰다. 아마 몸집만큼 위압적인 주먹에 의해 부서진 것 같았다. 두 남자가 낮은 천장 때문에 고개를 굽히며 나에게 발길질을 했다. 하지만 시호가 그 위로 달려든 덕분에 처음 한 번 빼고는 별다른 타격을 주지 못했다.

한 번, 두 번…. 남자들은 지금 맞고 있는 게 나인지 시호인지도 몰랐다. 시호가 최대한 나를 감싸 안았기 때문에 나는 어떻게든 구타를 멈춰 보려고 애썼지만 아무것도 할 수 없었다. 시호가 고통스러운 신음도 멈추고 축 늘어졌을 때 나는 직감했다. 죽었구나. 너무 많이 맞아서 결국 죽어버렸구나. 사람은 맞으면 죽는다. 나는 그 사실을 알고 있었다.

엄마, 아빠와 아직 함께였던 열두 살 무렵 나는 감시단에게 쇠몽둥이로 맞는 사람을 본 적이 있었다. 쇠몽둥이로 내리치자 결국 죽어버린 그 사람이 무슨 잘못을 했는지, 그 잘못이 맞아서 죽을 만큼 큰 죄였는지는 기억나지 않지만, 거리에서 얼어붙어 있던 나를 엄마가 집으로 데려갔던 건 기억했다. 엄마는 사람을 그렇게 죽이는 건 감시단이 잘못한 거라고 분명히 말했다. 우리는 비합리적인 세상에서 살고 있다고 했다. 충격을 받았겠지만 당연한 거라고 했다. 그건 정의가 아니기 때문에.

시호는 남자들과 맞서 싸울 만큼 강하지 않았다. 사실 나의 방패막이가 되기에도 너무 약했다. 깃시다가 시호를 옆으로 치우고 의식이 붙어 있을뿐더러 꽤 멀쩡한 나를 발견했을 때 수레를 끌고 달려온 빅이 호기롭게 소리쳤다.

"애들을 놔줘!"

빅 뒤에는 길을 알려줬던 남자가 다소 빈약해 보이는 팔로 수레를 잡고 서 있었다. 수레 위에는 이상한 자세로 널브러진 R이 보였다. 어째서 내 편들은 모두 약한 걸까.

하지만 감상에 젖어 있을 시간이 없었다. 새로운 타깃을 발견한 그들은 빅에게로 달려들었다. 의외로 빅이 몇 가지 싸움 기술을 알고 있어서인지 치고받고 하는 시간이 꽤 길어졌다. 나는 시호를 그 이상한 창고에서 끌어내고 빈약한 남자의 도움을 받아 수레에 실었다.

"빅, 나와요!"

빅은 남자들을 확 떠밀었다. 그 바람에 깃시다와 함께 세 사람이 포개지며 바닥을 나뒹굴었다. 우리는 수레의 손잡이를 밀고 내리막을 엄청나게 빠른 속도로 굴러 내려갔다. 마침내 깃시다와 그 남자들에게 들키지 않을 정도까지 이르자 빅은 수레를 멈추고 쓰레기 더미에 기대앉았다.

"아, 그렇지."

내가 입을 열자 의식이 붙어 있는 사람들은 모두 고개를 돌렸다.

"반-시스템단 소속이었다고 했죠. 그래서 어느 정도 싸울 수 있었던 건가요?"

"반은 맞고, 반은 틀려."

빅이 빈약한 팔의 남자를 슬쩍 돌아보았다.

"매튜도 반-시스템단 소속이었거든. 반-시스템단이라고 모두 싸움을 잘하는 건 아니야."

"이름이 매튜인가요? 도와줘서 고마워요. 제 이름은 ZG-75예요."

매튜는 당장 우리와 헤어지고 싶은 것 같은 목소리로 대답했다.

"그래, 반갑다."

"시호는 어떡하죠?"

나는 수레 위에 있는 소년을 쳐다보았다. 빅이 성큼성큼 걸어가 시호를 이곳저곳 살폈다.

"뼈는 안 부러졌어. 얼마나 지나야 깨어날지는 모르겠다. 네 친구가 거기서 일했던 거니?"

"잘 모르겠어요."

나는 한숨을 내쉬었다. 시호도 되찾았고 깃시다에게서 도망쳤다. 하지만 기쁘지 않았다. 4세계 전체에 깔려 있는 갈색 먼지도 그 기분에 한몫하는 것 같았다.

"일단 우리 집으로 가자."

컨테이너 박스에 대단한 자부심이 있는 빅이 말했다. 우리는 빅을 따라 고물들이 널려 있는 바닥을 대충 치우고 자리에 앉았다. 빅이 시호를 끌어내리고 하나뿐인 침대에 눕혔다. 시호는 여전히 의식을 잃은 채였다. 매튜가 분통을 터트렸다.

"이제 전 어떡해요? 깃시다한테 평생 쫓기게 생겼잖아요. 빅 당신은 헬멧을 바꾸면 몰라보겠지만 저는 이미 얼굴이 노출됐다고요."

"간단해. 자네도 앞으로 헬멧을 쓰고 다녀."

빅이 고물들 틈에서 다 떨어진 헬멧을 건넸다. 매튜는 어깨를 축 늘어트렸다.

나는 공을 두 손으로 쥐었다. 다시 엄마, 아빠를 찾을 수 있으리라는 희망도 함께 쥐었다. 다시 찾을 수 있다는 희망….

"아!"

의식한 것보다 너무 큰 소리를 낸 것 같았다. 하지만 나는 빅과 매튜의 시선에는 아랑곳하지 않고 신발을 벗었다. 밑창에 그것이 끼워져 있었다. 유리가 헤어지기 전 주고 간 편지였다. 유리는 편지에 부모님의 행방이 적혀 있다고 했다.

이제 열기 전 머뭇거릴 여유가 없었다. 편지봉투를 뜯고 안에 있는 종이를 펼쳤다. '정리 사업단 죄수 파일'이라는 글자가 눈길을 끌었다. 그 밑에 부모님의 사진이 프린트되어 있었다. JM-67, HW-466. 번호도 마찬가지였다.

'4세계 추방 선고.'

끝에 찍힌 날짜를 보니 지금으로부터 5개월 전이었다. 하지만 그게 끝이 아니었다. 종이의 뒷면에는 중년 여자의 사진도 프린트되어 있었다. 그녀는 검은색 머리카락을 늘어트리고 있었고 날카로운 시선은 어딘가 다른 곳을 향한듯했다. 밑에 설명이 적혀 있었다.

'이름 마피아, 나이 53세. JM-67, HW-466과 함께 4세계로 추방됨. 추방 당시 세 명 모두 의식이 있었고 같이 떠나는 장면을 목격함.'

정보는 거기에서 끝났다. 나는 다짜고짜 종이를 빅에게 들이밀었다.

"빅, 이 사람 본 적 있어요?"

"글쎄…."

빅이 멀뚱히 마피아라는 사람을 바라보았다. 헬멧을 쓴 매튜가 냉큼 말했다.

"마피아라면 제5세계의 왕 아닌가? 지금은 관여가 많이 사라졌지만."

T가 말한 것과 똑같았다. 5세계의 왕은 4세계인들을 필요할 때 다 잡거나 제지한다고 했다. 5세계의 왕이 우리 부모님과 무슨 관련이 있다는 걸까? 내가 황당하게 매튜를 바라보자 그는 눈길을 돌렸다.

"확실하진 않아."

"으음…."

시호가 뒤척이며 신음했다. 나는 재빨리 그쪽으로 걸어가서 시호를 살폈다. 시호는 눈을 가늘게 뜨고 나를 올려다보았다. 내가 물었다.

"괜찮아?"

"75…. 너니?"

나는 헬멧을 벗었다. 시호가 한쪽 입꼬리만 올려서 씩 웃었다. 빅은 시호에게 물통을 내밀었다. 물을 한참 동안 마시고 나자 시호는 기운이 좀 더 생긴 것 같았다.

"대체 왜 그 창고에 있었던 거야?"

"모르겠어. 4세계에 오자마자 그 남자들이 나를 잡아갔어…. 계속 때리고 감금했지…. 깃시다는 처음에 내게 일자리를 주겠다고 하다가 내가 기술자로서 더 가치가 있다는 걸 깨달은 것 같았어. 그때부터 그곳에 온 사람들의 생체 정보를 빼내는 일을 시켰어…. 그걸로 사람들을 협박하는 것 같아."

"지금이라도 널 찾아내서 정말 다행이야."

"이제 어떡하지?"

시호는 고개를 들었다가 빅과 매튜, 그리고 자신이 있는 곳이 어디인지 보았다. 그의 얼굴에 한순간 두려움이 스치고 지나갔다.

"당신들은 누구죠?"

"나는 빅, 이쪽은 매튜야."

빅이 천연덕스럽게 말했다. 나는 빅을 힐끗 보며 말했다.

"그걸 물어본 게 아니잖아요. 시호, 이 사람들은 다 내 친구야. 우리를 도와줬어."

시호는 내 말을 쉽게 믿는 것 같지 않았다. 그는 이미 너무 큰 고통을 겪어서 트라우마가 남은듯했다. 시호가 버둥거리며 침대에서 나오려고 하자 나와 빅은 동시에 그를 눕혔다.

"아직 무리하면 안 돼."

빅이 말했다. 시호가 손으로 내가 쥐고 있던 종이를 가리켰다. 나는 마피아의 사진이 프린트된 종이를 내밀었다. 시호가 사진을 눈여겨보더니 말했다.

"마피아야."

"이 사람을 알아?"

"아니. 그런데 깃시다의 집에서 생체 정보를 도둑맞은 사람 중 하나였어."

"으."

나는 얼굴을 찌푸렸다.

"부모님이 4세계에 내려왔을 때 마피아와 함께 떠났대. 지금도 마피아와 함께 있을 가능성이 있을까?"

"어쩌면. 마피아는 현재 5세계에 있다고 나와 있었어. 깃시다는 그녀를 협박하는 것을 포기할 수밖에 없었지. 기본적으로 5세계에 넘어가면 대부분 건드리기 어려운 존재야. 범죄 세력 중에서도 엄청나게 강한 자들이거든. 뭐가 어쨌든 간에…. 다음 목적지가 생긴 거 같은데?"

"잠깐, 잠깐."

빅이 끼어들었다.

"너희 설마 5세계에 가려는 건 아니겠지?"

나와 시호의 눈이 한꺼번에 빅을 바라보자 그는 부담스러웠던지 헛기침을 했다. 하지만 여전히 단호한 목소리였다.

"안 돼, 절대 안 돼. 5세계가 얼마나 위험한 곳인데? 4세계에 있는 찌꺼기들이랑은 급이 달라. 사람들이 서로 죽이는 걸 재미로 본다니까. 설마 검투사가 돼서 남은 생을 끝마치고 싶진 않겠지?"

"하지만 부모님이 그곳에 있을 가능성이 조금이라도 있다면 전 갈 거예요."

빅은 고물을 만지작거리며 가만히 앉아 있었다. 헬멧에 가려 보이지는 않았지만 걱정스러운 눈으로 우리를 바라보는 것 같았다.

"우린 일을 나가야겠다."

빅이 매튜를 흘끗 넘겨다보았다.

"자네도 기약 없는 농사는 그만 짓고 나처럼 고물이나 주워. 저번에 심은 감자도 전부 실패했지, 아마?"

매튜는 뭐라고 툴툴거렸지만 안 그래도 작은 목소리는 헬멧에 묻혀 잘 들리지 않았다. 둘이 나가버리자 빅의 작은 집에는 나, 시호, 널브러진 R밖에 남지 않았다.

"시호. 왜 나 대신 방패가 되어줬어? 우린 그렇게 오랫동안 알던 사이도 아닌데."

빅과 매튜를 봤을 때도 두려움을 느낄 만큼 시호에게는 그 사람들이 트라우마로 남은 거겠지. 나는 시호의 고통을 짐작해 볼 수 있었다. 하지만 시호는 망설이지 않고 내 앞으로 뛰어들었다. 그 이유가 궁금했다.

"나는 이골 나게 맞았지만 넌 아니었잖아. 내가 조금 더 맞는다고 별일 있겠어?"

나는 팔을 벌려 시호를 끌어안았다. 아주 약하게. 시호의 품은 R과 달리 부드럽고 따듯했다.

"널 보면 내 친구가 떠올라. 웃는 것도, 기계를 다루는 것도 비슷해. 이름은 QB-370이었지."

"그것참 영광이네. 난 네가 첫 번째 친구인데."

난 살짝 웃었다. 하지만 정말로 할 말은 따로 있었다.

"이제 날 그만 따라와도 돼. 빅이 말했던 것처럼 5세계는 너무 위험해. 이건 나 혼자 짊어져야 할 일이야."

"아니야."

시호가 빅의 침대에서 몸을 일으켜서 수레 쪽으로 다가갔다.

"넌 너무 약해. 로봇 하나도 못 깨워서 수레에 싣고 다니잖아."

"난 진심으로 말하는 거야."

나는 시호가 R을 살피는 것을 바라보며 조심스럽게 말했다. 시호가 쾌활하게 대꾸했다.

"나도야."

"네가 죽을지도 모르는데 같이 가겠다고?"

"그래."

시호는 빅의 베개 밑에서 조립 도구를 찾아냈다. 구식 드라이버 몇 개와 내가 알지 못하는 다른 것들도 있었다.

"R을 고칠 수 있겠어?"

나는 조마조마한 마음으로 물었다. 시호가 포기한다면 내가 아는 한 이제 R을 고칠 수 있는 사람은 없었다.

"글쎄, 시도는 해봐야지."

시호는 팔을 바지 쪽으로 움직였다. 주머니에서 뭔가 꺼내려고 하는듯했다. 그러다가 멈칫했다.

"75, 네가 아까 깃시다의 집에서 가져갔던 공 있잖아. 그걸 빌려 줄 수 있니?"

"왜?"

나는 공을 내밀었다. 시호가 말했다.

"제어 센터에 진입할 수 있을 것 같아."

시호는 R의 관자놀이 부분에 있는 동그란 뚜껑을 눌렀다. 그러자 뚜껑이 밖으로 튀어나오면서 안쪽에 있는 전선들이 보였다. 대부분 검은색이었지만 중간에 파란 선이 한 개 있었다. 파란 선은 빛을 발하고 있었는데 끊임없이 뭔가가 움직이는 듯했다.

"볼래?"

시호가 살며시 손가락으로 선을 건드렸다. 톡 하는 소리가 나며 파란 선이 손가락을 통과했다. 하지만 시호는 멀쩡했다.

"홀로그램 선이야. 이게 R의 모든 것을 담당하지. 만약 인간이라면 이렇게 한 가지 선에 모든 게 들어 있지는 않을 거야."

시호는 공을 열었다. 그리고 덜컥 소리를 내며 공을 두 개로 분리했다. 공 안쪽에도 전선이 보였다.

"R은 지금 화면을 공유할 수 없어. 공이 그 역할을 대신해 줄 거야. 전선만 있으면 되는데…."

시호는 빅의 방 안을 휘휘 둘러보았다. 나는 남의 물건을 함부로 써도 되냐고 물으려 했지만 시호는 금방 구석에 버려져 있는 전선을 찾아냈다. 칼로 전선의 끝부분을 긁어내자 안쪽에 있는 얇은 선들이 나타났다. 시호는 그 선을 공의 안쪽에 연결했다. R의 홀로그램 선은 닿기만 해도 작동하는 것 같았다.

"보이지?"

시호가 말했다. 공의 홀로그램 발산기에서 화면이 나오고 있었다. 두 가지 버튼이 있었는데 첫 번째는 '제어 센터', 두 번째는 '기억 저장 센터'였다. 시호는 첫 번째 버튼을 눌렀다. 그러자 화면이 바뀌며 온갖 알파벳과 숫자로 된 코드가 주르륵 떠오르기 시작했다.

시호는 몇 가지 코드를 입력했다. 그러자 파란빛이 도는 홀로그램 키보드가 불쑥 튀어나왔다.

"홀로그램 키보드를 요청한 거야."

시호가 설명했지만 나는 더 이상 그가 무엇을 하는 건지 알 수 없었다. 시호는 키보드를 열정적으로 두드리기 시작했다. 마침내 그가 모든 코드를 다 입력했을 때는 빅과 매튜가 들어올 시간이었다.

"와! 뭐 하는 거야?"

빅은 자신의 집에서 기술자와 해커를 섞은 소년이 띄워놓은 온갖 홀로그램 화면을 같이 정리해 주었다. 매튜는 끙끙거리며 고물 자루를 구석에 내려놓았는데 어질러질 대로 어질러진 집이 걱정 스러운 모양이었다.

시호는 천천히 뚜껑을 다시 끼웠다. 의도치는 않았지만 네 명이 로봇 하나를 숨죽여 들여다보자니 뭔가 어색한 느낌이 들었다. 시 호가 말했다.

"R의 제어 센터에서 전원을 켜지 못하게 되어 있었어요."

시호는 심장 부분에 있는 전원 버튼을 눌렀다. 다시였다. R의 눈 동자에 빛이 들어왔다. 기다린 시간에 비해 너무 짧은 순간이었다.

"주인님?"

"R!"

R의 목소리가 허공을 타고 울리는 순간 내 눈에서 눈물이 흘러나왔다.

"난 널 버리지 않았어."

"알아요."

R이 말했다. 그는 주위를 둘러보고 여러 사람이 자신에게 눈길을 집중하고 있다는 것에 적잖이 놀란 것 같았다.

"이쪽은 빅과 매튜야. 그리고 시호는 너도 알지? 시호가 너를 다시 깨웠어."

"안녕하세요."

R이 차분하게 말했지만 눈은 어딘가 겁에 질린 것 같았다. R은 시호를 똑바로 쳐다보지 않았다. 나는 내가 잘못 본 거라고 생각했다. 바로 다음 순간 R의 표정은 쾌활하게 돌아왔기 때문이다.

"75, 잠깐 나올 수 있어?"

빅이 매튜와 주워 온 고물들을 분리하기 시작했을 때 시호가 말했다. 나는 고개를 끄덕이고는 빅의 컨테이너 박스 바깥쪽으로 나갔다. 희미한 햇빛이나마 사라진 4세계는 온통 어두컴컴했다. 황색 먼지는 보이지 않았지만 목이 텁텁한 걸로 봐서 그대로 제자리에 있는 것 같았다.

"R의 전원을 다시 켜준 거 고마워. 네가 없었으면 정말로 계속 수레를 끌고 다녀야 했을 거야."

"당연히 할 일인걸. 내가 말하려고 했던 건…. R이 개조된 로봇이라는 사실이야. 코드를 입력하다가 알게 됐어."

"개조된 건 당연해. 버려져 있던 걸 내 친구가 조금 손봤어."

나는 QB-370을 떠올리며 말했다. 하지만 시호는 고개를 저었다.

"나는 그런 정도를 말하는 게 아니야. R은 처음 만들어질 때부터 다른 RF-002들과 달랐어."

"어떻게 다른데?"

"전투용 로봇이 아니라 감정형 로봇이야."

내가 그 말을 듣고도 별로 충격받는 것 같지 않자 시호는 말을 덧붙였다.

"즉 감정을 느낄 수 있다는 거야."

"감정을…. 느낄 수 있다고?"

로봇 산업이 아무리 고속으로 발달했지만 감정을 느끼는 로봇은 들어본 적이 없었다. 시호는 고개를 끄덕였다.

"그래. R이 날 무서워하는 것 같아."

"왜?"

나는 내심 시호가 먼저 말을 꺼낸 것에 놀라며 물었다. 시호가 어깨를 으쓱였다.

"내가 자신을 마음대로 조종할 수 있다는 것 때문에?"

"왜 그런 걸 무서워해?"

나는 웃으면서도 R이라면 그럴 수도 있겠다는 생각이 들었다. 적어도 심각한 일은 아니라서 다행이었다.

빅이 문을 열고 우리 옆에 섰다. 그의 붉은색 헬멧은 어둠에 묻혀 거의 보이지 않았다. 나와 시호는 언제 들어갈까 눈치를 보았지만 빅은 문을 막고 서서 움직일 생각 없이 한숨만 푹푹 내쉬었다. 고물 산의 밤은 고요했다. 하지만 숨 막힐듯한 고요와는 달랐다. 이 고요에 끝없이 잠식될 수 있을 것만 같았다.

"정말 5세계에 내려갈 생각은 아니지?"

마침내 빅이 입을 열었다. 나와 시호는 동시에 대답했다.

"갈 건데요."

빅은 지금까지 내쉬었던 한숨 중 제일 큰 한숨을 내쉬었다. 그리고 헛기침을 하며 목소리를 다잡더니 말했다.

"나도 5세계에 내려간 적이 있어. 제법 커다란 갱의 두목 정도 되지 않으면 대부분 검투사가 되지. 나도 마찬가지였어. 윗대가리들의 재미를 위해 목숨을 거는 삶이 반복되는 거야. 그게 얼마나 끔찍한 줄 알아? 반-시스템단은 수도 없이 감옥에서 탈출했어. 우린 모든 길을 뚫을 수 있었거든. 하지만 검투장에서 탈출한 사람은 단 한 명도 없어!"

"그러니까 엄밀히 말하자면 당신은 탈출한 셈이네요."

시호가 격앙되어 있는 빅을 향해 대꾸했다. 빅은 말실수를 한 것을 깨닫고는 더듬거렸다.

"난…. 운이 좋았을 뿐이야."

"그 운 저희에게도 조금 나눠주면 안 될까요? 마피아가 저희 부모님을 알고 있다는 건 확실해요. 뭐라도 알아낼 수 있을 거예요."

나는 간절하게 말했다. 빅은 고개를 저었다.

"마피아는 이제 달라졌어. 솔직히 말하면, 그녀가 그동안 5세계

에 없었기 때문에 4세계가 이렇게 혼란스러워진 거야. 아직까지도
관여가 없는 걸 보면 마피아는 죽었다고 봐도 이상할 게 없다."

"빅, 우릴 구해준 건 고맙지만 무슨 말을 하든지 전 5세계에 갈
거예요. 그곳으로 가는 방법을 알려주세요. 마지막으로 도와달라
고요."

나는 마피아가 죽었을지도 모른다는 말에 겁이 났지만 그렇기
때문에 더욱 밀어붙였다. 빅은 아무 대답도 하지 않고 충격을 받은
듯이 비틀거리며 고물들 너머로 사라졌다. 시호가 나를 보며 어깨
를 으쓱였다. 그때 매튜가 컨테이너 박스 문을 열고 나왔다.

"ZG-75, 네 로봇 쓸모 있는데! 고물 분류에 아주 탁월해. 여기서
살아도 되겠다."

매튜는 뒤로 돌아 R과 하이파이브를 했다. 나는 피식 웃으며 말
했다.

"R, 정말 여기서 살래?"

"안 돼."

시호가 낮은 목소리로 내 말을 잘랐다. 나는 어색해진 분위기를
바꾸려고 과장되게 대꾸했다.

"농담이야. R, 들어가서 매튜랑 남은 일 해."

컨테이너의 문은 다시 닫혔다. 나는 고개를 휙 돌리고 쏘아붙였다.

"왜 그래?"

"R을 여기 남겨두면 안 되지."

시호가 중얼거렸다. 자신이 고쳤다고 R에게 정이라도 느끼기 시

작한 걸까? 시호의 의중이 궁금했다. 나는 시호를 한번 떠보기로 마음먹고 어둠 쪽을 바라보며 말했다.

"아까는 농담이었지만 생각해 보니 괜찮을 것 같아. 어차피 R은 누구나 노리는 재산일 뿐이야. 금목걸이를 걸고 다니는 것과 다를 바가 없지. 우리도 위험하고 R도 위험해. 또 노예로 끌려가서 불행하게 살 바에는 빅과 매튜랑 행복하게 사는 게 낫지 않겠어? R이 감정을 느낀다며. 그러면 행복도 느끼는 거 아니야?"

"그건⋯."

시호는 내게 그런 사실을 말해준 걸 후회하는 듯했다. 우리는 한참 동안 빅이 사라진 고물과 어둠, 그 경계를 바라보고 있었다. 시호가 말했다.

"그럴수록 네가 지켜야지. R은 네 친구야."

"생각해 볼게."

나는 차갑게 말했다. 그때 빅이 다시 어둠 속에서 나타났다. 손에 커다란 꾸러미를 세 개 들고서였다.

"빅, 그게 뭐죠?"

나는 의심쩍은 눈길로 그 꾸러미를 바라보았다. 빅은 나와 시호에게 꾸러미를 하나씩 안겼다.

"걱정할 거 없어. 확인은 내가 다 했으니까."

나는 꾸러미를 풀어보았다. 안쪽에는 여러 겹으로 접힌 얇은 천과 그곳에 매달린 끈이 보였지만 무슨 물건인지는 알 수 없었다.

"낙하산 아닌가요?"

시호가 물었지만 빅은 대답하지 않고 컨테이너 박스의 문을 열어젖혔다. 매튜와 R이 고물들을 한쪽에 쌓고 있는 것이 보였다. 빅이 말했다.

"매튜, 이제 분류 그만해도 돼. 전부 사겠다는 사람이 있어."

그 말이 끝나기가 무섭게 어둠 속에서 새로운 사람이 나타났다. 그도 빅 같은 헬멧을 쓰고 있었는데 커다란 자루에 고물들을 전부 쓸어 넣고 휘적거리며 사라졌다.

몇 초 만에 고물들을 빼앗긴 매튜는 어안이 벙벙한 것 같았다. 매튜가 빅에게로 고개를 돌리자 빅은 머쓱한 듯이 헬멧을 고쳐 썼다.

"낙하산이랑 바꿨거든."

"낙하산이요? 대체 낙하산이 왜 필요한데요?"

매튜가 울분을 터트렸다. 빅은 R에게 마지막 낙하산을 건네주었다.

"얘들은 5세계로 갈 거야."

"뭐라고요?"

나와 매튜가 동시에 소리쳤다. 하지만 그다음에 보인 반응은 달랐다. 나는 기뻐하며 빅을 끌어안았고, 매튜는 충격을 받고 스르르 미끄러졌다.

"빅! 아무도 그곳에서 살아남을 수 없어요. 하물며 얘들은 더하겠죠. 고작 사람을 죽이려고 하루 종일 주운 고물들을 다 팔아넘긴 겁니까?"

매튜는 제대로 화가 난 것 같았다. 빅이 매튜의 등을 탁탁 두드렸다.

"시간이 없어. 자정부터 아침까지는 출입을 허용하지 않으니까. 매튜, 위치를 정확히 아는 건 자네잖아. 함께 가야지."

"그 절벽으로 애들을 데려가라고요? 빅, 말도 안 되는 소리 마세요! 지금까지 산전수전 다 겪었지만…. 지나쳐도 정도가 있죠. 절벽 가장자리에는 허세 잡는 불량배들 천지예요. 잘못하다가는 평생 쫓길 수도 있어요. 말이 나온 김에 물어봅시다. 도대체 왜 그렇게, 목숨까지 버려가면서 아이들을 돕는 거죠?"

"내가 언제 아이들을 도왔다고…."

빅이 당황해서 말꼬리를 흐렸다. 매튜는 지지 않고 말을 쏟아냈다.

"다 알고 있어요. 유리 때문이잖아요. 유리가 생각나서 버려진 사람들 중 특히 그 나잇대 이들만 그렇게 돕는 거잖아요."

"유리라고요?"

나는 매튜의 말을 끊었다.

"검게 그을린 피부에 머리를 특이하게 땋은 반-시스템단의 그 유리요?"

"ZG-75, 네가 유리를 어떻게 알지?"

빅이 허망한 목소리로 말했다. 나는 숨을 한 번 들이마셨다.

"저도 반-시스템단에 있었으니까요! 저는…."

"유리는 죽었는데."

빅의 목소리가 내 말을 갈랐다. 내 말뿐 아니라 모두를 갈랐다. 허공에서 터져버린 빅의 말이 나를 맴돌았다. 순식간에 조용해진 사람들을 빅은 인지하지 못하는 것 같았다.

"저는 유리를 봤어요. 유리는 살아 있었어요. 저나 당신만큼 분명히요."

나는 한 글자씩 힘을 주며 말했다. 하지만 유리가 아직도 살아 있는지 확신할 수는 없었다. 반-시스템단은 결국 기습을 당했으니까. 매튜가 빅 대신 대답했다.

"유리의 생체 신호는 사망했다고 되어 있었어. 유리를 딸처럼 사랑했던 빅은 더 싸울 수 있었지만 유리가 죽었다는 것을 알고 스스로 잡혔지. 그리고 여기 와서 먼저 추방됐던 나를 만난 거야."

생체 신호. 다라의 생체 신호를 보고 단장과 단원들이 떠난 것이 생각났다. 내가 무슨 생각을 하는지 알 리 없는 빅은 한숨을 내쉬었다.

"생체 신호를 조작할 수는 없어. 유리는 죽었어."

빅의 말을 듣자 단장이 겹쳐져 보였다. 단장도 생체 신호를 조작할 수 없다고 말했었다. 하지만 그 뒤에 찾아온 결과는…. 더 이상 생각하고 싶지 않았다. 반-시스템단이 어떻게 됐든 간에 나는 나의 일을 해야 했다.

"매튜, 전 이미 마음을 굳혔어요. 부모님을 찾을 수 있다는 희망 하나로 세계 이동을 여러 번 거쳤어요. 당신이 도와주지 않으면 제 이동은 방황이 돼요. 제발 부탁이에요."

매튜는 한참 동안 망설이다가 말했다.

"그래. 하지만 가지 말라고 마지막으로 말할게. 이게 내 진심이야."

매튜는 나와 시호를 몇 초간 쳐다보고 우리가 응하지 않을 것을 알았다. 그는 씁쓸하게 말했다.

"따라와."

빅과 매튜, 그리고 그 뒤로 나와 시호, 마지막에는 R이 행렬의 끝을 장식했다. 빅은 아주 작은 소형 손전등을 치켜들며 서로를 잡고 잘 따라오라고 했다. 그도 그럴 것이 이곳에는 드문드문 있는 3세계의 가로등마저 없었다.

어두운 아스팔트 길을 한참 동안 걸었을 때, 매튜가 소리쳤다.

"빅! 그만 멈추세요."

나는 주위가 좀 더 밝아진 것 말고는 무슨 차이가 있는 건지 알수 없었다. 하지만 매튜가 옆으로 비키자 앞을 좀 더 선명하게 볼수 있었다.

지름이 아주 넓고 커다란 구덩이였다. 누군가 인위적으로 파둔 것처럼 완벽한 구 모양이었고 철로 둘러져 있었다. 총 네 개의 가로등이 가장자리에서 약한 빛을 뿜어내고 있었는데, 보라색이어서 그런지 깃시다의 집이 떠올랐다.

늦은 밤인데도 불구하고 그곳에는 꽤 많은 사람들이 어슬렁거리고 있었다. 그중 우리와 구덩이를 사이에 두고 건너편에 자리 잡고 있던 무리에서 큰 소리가 났다.

"약속한 건 지켜야지! 오늘까지 돈 안 갚으면 뛰어내리기로 했잖아."

험상궂게 생긴 남자가 비쩍 마른 소년을 을러댔다. 소년은 기껏해야 열서너 살 정도 된 것 같았다. 소년이 울먹이며 말했다.

"아무도 절 안 받아준다는데 어떻게 돈을 벌어요."

"아무도 안 받아준다니! 다들 이 녀석 말 들었어?"

소년을 둘러싸고 있던 사람들이 재미있다는 듯이 요란하게 웃어댔다. 무리 중 한 사람의 손이 소년의 머리를 옆으로 밀쳤다.

"꼬맹아, 아직도 4세계에서 돈 버는 법을 몰라? 도둑질하면 되는 거야. 들켰을 땐 죽이면 되는 거고."

그중 눈꼬리가 찢어질 정도로 올라간 여자가 툭 튀어나와 소년의 팔을 들어 올렸다. 팔에서부터 옆구리로 연결된 너덜너덜한 천이 드러났다.

"내가 윙슈트도 만들어 줬잖아. 뭐가 문제야? 안전하게 착지하면 끝! 얼마나 쉬운데?"

"전 못해요. 형, 제발요. 조금만 더 시간을 주세요."

소년이 험상궂게 생긴 남자에게 애원했다. 하지만 남자는 다른 사람과 함께 낄낄거리다가 소년을 억지로 일으켜 세웠다.

"하나 둘 셋 하면 뛰는 거야. 하나, 둘⋯. 으아악!"

남자가 비명을 지르며 소년을 밀어 넣으려 했던 구덩이 속으로 떨어졌다. 구덩이 안에서 웅웅거리는 소리가 나는 것 같았다. 무리는 당황해서 수군거리다가 남자를 민 것이 붉은 헬멧의 누군가라는 사실을 알아차렸다. 빅이었다.

"언제 저기까지 간 거지?"

매튜가 황당해하며 중얼거렸다. 빅은 소년을 끌어당겨서 구덩이로부터 충분히 거리를 두게 했지만 상황은 점점 더 나빠지고 있었다. 화가 난 사람들이 한꺼번에 빅에게 달려들었다. 거리가 멀어서 잘 보이지는 않았지만 그들이 치고받는 소리가 들렸다. 사람들이 많아서 그런지 빅이 밀리는 것 같았다.

"매튜, 어떡해요?"

"낙하산을 착용해."

시호의 물음에도 매튜의 목소리는 흔들림 없이 침착했다. 나는 건너편을 다시 쳐다보았다.

"하지만, 빅이⋯."

"내 말대로 해."

매튜의 목소리가 너무 확고해서 나와 시호, R은 낙하산을 착용하기 시작했다. 낙하산을 잘 착용했는지 매튜가 확인하고 있는데 빅과 싸우던 무리 중 하나가 우리에게 달려왔다. 우리가 빅과 같은 패라고 생각하는 것 같았다. 그 사람은 곧장 매튜에게 달려들었는데 옆에 있던 나는 반사적으로 주먹을 뻗었다. 정통으로 얼굴을 가격당한 그는 어찌할 새도 없이 멀고 먼 구덩이의 바닥을 향해 사라져 갔다.

"좀 하는데!"

시호가 소리쳤다. 자기네 편 중 한 명이 또다시 떨어진 걸 보고는 빅을 둘러싸고 있던 사람들 중 반이 나에게로 달려왔다. 매튜가 단호하게 말했다.

"지금이야. 가!"

나는 매튜의 말뜻을 알아듣고 망설이지 않았다. 날 집어삼킬 듯한 검은 그 끝을 향해 뛰어내렸다. 빅이 온 힘을 다해 외치는 소리가 들렸다.

"75! 나는, 이 구덩이를, 기어 올라왔어, 여덟 시간 동안! 그렇게, 탈출했어….."

빅의 말이 아득하게 메아리쳤다. 나도 탈출할 일이 생기리라고 생각한 걸까. 나는 무서운 속도로 바닥을 향해 직진하고 있었다. 쇠 냄새가 풍기는 파이프들이 순식간에 눈앞을 지나쳐 갔다. 이 끝에는 뭐가 있을까? 나는 어느 곳에 착지하게 될까? 빅과 매튜는 나를 5세계로 보내기 위해 목숨을 걸었다. 지금까지 목숨을 걸고 나를 도와준 사람은 부모님 외에는 없었다. 나는 끝없이 떨어졌다.

9.
게임의 승자

탕! 실제로는 몇 초 안 되는 낙하 후에 낙하산이 펼쳐졌다. 순식간에 속도가 느려졌다. 천천히 수면 속으로 가라앉는 듯한 기분이 들었다. 다른 점이라면 이곳에는 물이 없다는 것뿐. 고개를 들어 하늘을 보았지만 더 이상 동그란 구멍은 없었다. 대신 보라색 빛이 아주 작은 점으로 반짝이고 있었다.

나는 다시 고개를 숙였다. 안전하게 착지하려면 아래쪽에 시선을 두고 있어야 했다. 바닥이 점점 가까워졌다. 귓가를 뭔가가 따갑게 스쳤다. 구덩이 내부에도 존재하는 황색 먼지였다. 이제 아래쪽이 완전히 보였다. 거대한 나선 모양의 둥그란 바닥이었다. 발이 땅에 닿는 순간 무릎을 굽혔다. 안쪽이 비어 있는 건지 공허한 텅

소리가 울렸다. 훌륭한 착지였다.

나는 낙하산을 질질 끌며 시호와 R이 안전하게 착지할 수 있도록 옆으로 비켜났다. 시호와 R은 거의 동시에 바닥에 닿았는데 둘 다 바닥에 한 번 나뒹굴었다. 하지만 속도가 느려서 다치지는 않은 것 같았다.

"그러니까 이게…. 5세계라고?"

시호가 뒷머리를 문지르며 일어났다. 텅 빈 회색 공간이었다. 나는 원기둥 모양의 벽을 두드려 보았다. 역시 텅텅거리는 소리가 울려 퍼졌다. 한쪽에 무더기로 쌓인 뭔가가 보였지만 시체 산을 지나쳤을 때와 비슷한 느낌이 들었기 때문에 나는 굳이 그것을 자세히 보려고 하지 않았다. 막연히 추락한 사람들이 아닐까 생각할 뿐이었다.

그때였다. 나선으로 구분되어 있던 선들이 모양대로 조각나며 바닥이 열리기 시작했다. 동시에 하얀 소독용 기체가 사방에서 뿜어져 나왔다. 우리는 캑캑거리며 새로운 바닥으로 떨어졌다. 이번에는 2m도 되지 않았지만 무척 아팠다.

고개를 들어보니 각진 사각형 모양의 방이 보였다. 구형 방보다는 훨씬 작았지만 황색 먼지는 아예 없었다. 문도 창문도 없는 폐쇄된 공간이었는데 어디에서 나오는지 알 수 없는 기계음이 울렸다.

"이름과 온 목적을 말해주십시오."

"ZG-75고, 마피아를 만나러 왔…."

내 말이 끝나기도 전에 바닥이 또다시 갈라졌다. 덜컹 소리를 내며 활짝 열린 바닥으로 더운 열기가 확 끼쳤다. 그리고 다음 순간 우리는 아래로, 아래로, 아래로 추락하고 있었다. 너무 갑작스러워서 비명을 지를 틈도 없었다.

푹 하는 소리가 들렸다. 특이하게 쌓아둔 베개와 쿠션들에 제대로 적중해서 그런지 아프지는 않았다. 하지만 나보다 약간 비껴나서 베개가 얇게 쌓여 있던 쪽에 부딪힌 시호는 얼굴을 찌푸리며 간신히 일어났다. R은 괜찮아 보였다. 적어도 부품이 빠지지 않았으니까 말이다.

"신참이다!"

사람들이 웅성거리는 가운데 하나가 큰 소리로 외쳤다. 나는 베개 더미에서 주르륵 미끄러져 내려갔다. 더러운 바닥에 사람들이 빽빽하게 들어차 있었는데, 제일 위쪽에 납작하게 달린 창살문 사이로 빛이 약간이나마 들어왔다. 빛뿐 아니라 소리도 들어오고 있었다. 박수 소리였다. 적어도 그 환호가 이 반지하에 들어찬 사람들에게 영향을 미치지 않는다는 건 확실했지만.

"여기에 마피아가 있나요?"

나는 최대한 침착한 목소리로 물었지만 이미 자신감을 잃은 상태였다. 시호와 R도 마찬가지였다. 사람들이 단체로 깔깔거리며 웃어댔다.

"마피아는 심야 검투를 좋아하지. 밖으로 나가면 만날 수 있을 거야."

한 사람이 말했다. 나는 창살 쪽을 기웃거렸다. 밖에서 검투가 벌어지는 것 같았다. 하지만 일정 이상은 시야가 가려져서 정확히 알 수 없었다. 내게 나가보라고 했던 사람 옆에 있던 누군가가 그의 옆구리를 찔렀다.

"이 사람아, 말조심해. 놀리지 말라고. 신참이 엄청난 능력의 소유자일지 어떻게 알아? 유리라고 했나, 그 여자도 오늘 오후에 왔잖아. 그런데 이젠 저 검투장을 쓸고 다니는 게 누구인지 보라고!"

"지금 유리…. 라고 했죠?"

나는 목소리를 가다듬고 말했다. 하지만 대답을 기대한 건 아니었다. 직접 내 눈으로 봐야 믿을 수 있을 것 같았다. 검투장에서 다시 환성이 들려왔다. 그 순간 사람들이 차 있던 반지하 방의 문이 벌컥 열렸다.

"마지막으로 싸울 자원자! 늘 그렇듯이 데스매치다."

사람들은 서로 눈을 피하다가 나를 생각해 내고 목소리를 높였다.

"여기 자원자가 있습니다!"

나는 순식간에 사람들에게 떠밀려 제일 앞까지 쓸려갔다. 시호가 소리쳤다.

"갠 자원하지 않았…."

하지만 나를 끌어내자마자 문이 쾅 닫혀서 시호의 말을 끝까지 들을 수가 없었다. 나는 검투장 끄트머리에 엎어졌는데 내 머리 위로 낡은 칼 한 자루가 던져졌다. 나는 칼을 집어 들었다. 묵직했고 잘 움직이지도 않았다. 사람들의 환성이 커졌다. 나는 고개를 들었다. 원형 검투장에 관중들이 빽빽이는 아니지만 꽤 차 있었다. 그리고 한가운데에 제일 높은 석에는 마피아로 보이는 누군가가 나를 흥미롭게 바라보고 있었다.

나는 반사적으로 고개를 다시 내렸다. 유리였다. 마지막에 본 것과 옷차림마저 똑같았다. 총알 벨트를 차고 있지는 않았지만. 유리는 무표정으로 나를 향해 걸어오고 있었다. 그녀의 손에는 기다란 칼이 쥐어 있었다.

"유리!"

내가 소리쳤다. 하지만 유리는 멈추지 않았다. 빠르지도 느리지도 않은 걸음으로 내게 다가올 뿐이었다. 마침내 유리는 두 걸음 앞까지 왔다. 유리가 칼을 휘둘렀다. 나는 그 낡고 무거운 칼을 들어 올려 막았다. 하지만 누가 봐도 형편없었다.

"반-시스템단은 어떻게 된 거죠?"

내가 속삭였다. 하지만 유리는 내 눈을 쳐다보지도 않고 다음 공격을 가했다. 휙 하고 칼이 공기를 가르는 소리가 들렸다. 이번에는 칼을 들어 올리는 대신 옆으로 피했다. 검투장 벽에 유리의 칼이 꽂혔다. 유리가 칼을 빼는 사이 나는 옆으로 비켜나서 말했다.

"빅을 만났어요. 유리는 살아 있다고 말하니 믿지 않더군요. 대체 뭐가 어떻게 된 건지…."

유리가 다시 한번 칼을 휘둘렀다. 나는 칼을 양손으로 쥐고 유리의 칼을 막았다. 칼날에 닿아 있는 나의 왼손에서 피가 흐르기 시작했다. 유리는 자신의 칼을 더 힘주고 누를 뿐이었다.

"말해줄까?"

유리가 비명 지르듯이 말했다. 하지만 그 비명은 가냘프고 힘을 잃어 있었다.

"전부 내가 한 거야. 다라의 생체 신호를 조작한 것도, 내 생체 신호를 조작해서 죽은척했다가 다시 돌아온 것도! 난 반-시스템단이 아니라 스파이였어. 정리 사업단을 위했다고. 그런데 지금 내 꼴을 봐. 반-시스템단을 전부 뿌리 뽑고 나서 그들이 하는 말이 뭔지 알아? 이제 난 필요가 없대!"

유리는 미친 듯이 웃어댔다. 그러다가 눈을 번뜩이며 나를 바라보았다.

"지금까지 내가 죽인 사람이 몇이게? 너도 똑같이 될 거야."

"내게 준 부모님의 정보도 거짓이었나요?"

내가 소리쳤다. 유리는 잠시 얼굴을 찡그리더니 한참 동안 생각한 후에 그것이 뭔지 기억해 냈다.

"아니. 별로 중요하지도 않은 걸 가지고."

그게 내가 5세계에 내려온 이유인데 중요하지 않다고? 나는 화가 났다. 딱히 유리에게 화가 난 것은 아니었다. 나와 관련된 것은 누구에게도 중요하지 않았다. 아무도 내 말을 듣지 않았다. 늘, 언제나.

유리는 칼을 잽싸게 뒤로 빼서 내게 곧바로 세운 채 직진했다. 나도 칼을 겨누었다. 단지 그뿐이었다. 그다음에 일어난 일이 어떻게 진행된 건지는 몰랐다. 하지만 눈을 떠보니 유리가 바닥에 쓰러져 배를 잡고 헐떡이는 중이었다. 바닥에 질척한 피가 새어 나오고 있었다.

"유리!"

나는 유리에게로 무릎을 꿇고 상처를 살펴보았다. 하지만 유리가 너무 꽉 잡고 있어서 제대로 보이지 않았다. 죽음에 대한 두려움으로 그녀의 눈은 휘둥그레져 있었다.

"미안해요. 이럴 생각은 없었는데⋯."

내 말소리는 둥, 둥 울리는 북소리에 끊겼다. 거대하고 압도적인 북소리가 검투장을 가득 메웠다. 관중들이 함성을 질렀다. 마피아가 손을 들자 함성이 차차 잦아들었다.

"이번 게임의 승자가 나온 것 같군."

마피아가 말했다.

"이름이 뭐지?"

"유리를 치료해 주세요!"

내가 고함을 질렀다. 마피아가 까마귀 울음 같은 소리를 내며 웃어젖혔다.

"얼마나 감동적인가! 친구를 죽인 기분이 어떻지? 참담해? 하지만 네가 살기 위해서는 어쩔 수 없어. 자, 다시 묻는다. 이름이 뭐지?"

"유리를, 치료⋯."

눈앞이 빙빙 돌았다. 마피아와 관중, 피를 흘리며 쓰러진 유리가 한데 뒤섞여 맴돌았다. 다음 순간, 나는 끝내지 못한 문장을 입 안에서 굴리며 유리 옆으로 쓰러졌다⋯.

10.
남겨진 과업

"방금 도착한 신참이었나 봅니다. 소독약을 마시면 가끔 정신을 잃고는 하죠. 하룻밤 정도 자면 멀쩡해집니다. 이름은 ZG-75로 3세계 출신인 것 같습니다."

"수고했어. 나가봐."

그다음에는 침묵. 나는 푹신한 곳에 눕혀져 있었다. 집에 있는 매트리스에서도 경험하지 못한 푹신함. 하지만 심장 쪽이 아팠다. 정신적인 부분이 신체적인 부분까지 영향을 미친 것 아닐까? 시간이 얼마나 지났는지 알 수 없었다. 나는 눈꺼풀을 들어 올렸다.

아주 좁은 방이었다. 푹신하고 넓은 침대가 방 안을 거의 다 채우고 있어서 더 그렇게 보였다. 침대 끝에는 R이 서서 나를 걱정스럽게 쳐다보고 있었다. 그리고 건너편에는 선반이 있었는데 눈이 아프도록 반짝거리는 빨간 드레스를 입은 여자가 주전자를 들고 차를 따르고 있었다.

"누구세요?"

"그건 내가 물어야 할 말인데."

여자가 뒤로 휙 돌았다. 사진에서 본 것과 똑같은 검은색 머리카락과 날카로운 시선. 마피아였다. 나는 힘겹게 입을 열었다.

"저는 제 부모님을 찾아야 해요. 부모님은 당신과 4세계에 도착해서 함께 떠났다고 들었어요."

"그럼 네가 JM-67, HW-466의 딸이라고?"

마피아가 말했다. 숨이 멈추는 것 같았다. 마피아는 부모님의 코드까지 정확히 말했다. 너무 오랜 시간 동안 내 머리에 새겨진 그 코드를. 나는 말을 쏟아냈다.

"제 부모님을 아시는군요! 저는……."

"일단 마셔."

마피아가 컵을 내밀었다. 김이 솟아오르는 뜨거운 차였다. 거절하면 안 될 것 같아서 나는 컵을 받아들었다. 뜨거운 액체가 목을 타고 넘어가자 몸 전체에 따뜻한 기운이 돌았다. 나는 차를 한 모금 더 마신 뒤 컵을 내려놓았다. 마피아의 표정은 전과 달라져 있었다. 뭔가 고민하는 듯한 표정이었다.

"비록 네 부모가 내 목숨을 구해주긴 했지만 그 딸이라고 이런 걸 말하는 게 맞는지 모르겠다."

마피아는 깊은 한숨을 내쉬었다. 나는 마피아가 말을 꺼낼 때까지 기다렸다.

"나는 은혜를 입으면 잊지 않고 갚지."

마피아는 수수께끼 같은 말을 내뱉더니 결심한 것 같았다.

"네 부모는 0세계로 올라갔어. 아니, 올라갔는지는 몰라. 올라간다고 말만 했으니까. 그리고 이곳을 떠났지."

"0세계라니요?"

"그래, 맞아, 0세계에 진입하는 건 정말 어렵지. 나도 그들이 성공했는지 모른다."

내 질문의 뜻은 그게 아니었는데. 왜 부모님은 0세계로 올라갈 생각을 하게 된 걸까? 절망에 싸여 그들을 기다리는 딸은 고려할 대상이 아니었을까? 내 표정을 눈치챈 마피아가 말했다.

"3세계를 거쳐서 가게 되면 정리 사업단에게 들킬 위험이 있다고 생각한 것 같아."

"그러니까 왜 0세계에…."

나는 갈라진 목소리로 말했다. 마피아는 별일 아니라는 듯 어깨를 으쓱했다.

"여섯 개의 세계를 해체하려고 한 거지. 세계들의 문을 여는 건 오직 0세계에서만 할 수 있는 일이니까."

세계를 해체한다고? 돔 밖은 사람이 살 수 있는 환경이 아니었다. 만약 추상적인 의미라면 3, 4세계인을 해방한다는 말이리라. 하지만 세계들의 문을 연다는 걸로 봐선 돔 밖으로 사람들을 내보낸다는 말 같았다.

"따라와. 네 로봇도 같이. 네가 깨어나지 못할 때를 대비해 정보를 얻으려고 가져다 뒀다."

나는 R에게 눈짓을 했다. R은 곧바로 따라왔지만 난 아직 마피아가 듣는 곳에서 대화를 나눌 용기는 없었다. 마피아는 그 작은 방을 나섰는데 천장이 보이지도 않을 정도로 아주 거대한 건물 내부인 것 같았다. 넓은 길에 접어들자 커다란 건물들이 줄줄이 서 있는 게 보였다. 건물 안에 건물이 있었다. 대체로 그 안은 어두웠는데 대신 커다란 건물의 창문에 빛이 반짝이고 있었다.

"범죄자들은 밤을 더 좋아해. 마음이 편하거든."

마피아가 손가락으로 천장을 가리키며 말했다. 천장에는 안 쓴 지 100년은 넘은 것 같은 인공 태양이 있었다. 계속 밤을 유지하는 것 같았다. 둥그렇지만 텅 빈 회색 태양을 보고 있으니 두려움이 밀려왔다. 세계를 해체하면 우리 모두 죽을 텐데 엄마, 아빠는 대체 무슨 생각을 한 걸까?

나는 이 거대한 건물 자체가 5세계라는 것을 깨달았다. 마피아는 건물을 계속 가로질러 갔다. 벽까지 도달하자 문이 보였다. 문이라기엔 손잡이가 없고 벽과 똑같은 색이긴 했지만.

마피아는 문을 두 번 두드렸다. 똑똑 소리가 나자 기다렸다는 듯이 문이 안쪽으로 열렸다. 그 순간 나는 형용할 수 없는 감정에 사로잡혔다. 물론 앞에는 계단밖에 없었다. 길고 좁은 계단이었다. 하지만 뭔가 다른 것이 있었다. 그것을 직감할 수 있었다.

마피아는 그 계단에 발을 디뎠다. 그러자 계단이 지잉 소리를 내면서 위로 움직이기 시작했다.

"뭐 해? 어서 올라와."

나는 R과 함께 계단에 올라탔다.

"이게 뭐죠?"

"에스컬레이터야."

마피아는 간단하게 대답했지만 나는 이 계단이 우리를 위로 데려다준다는 것을 알 수 있었다. 위로, 지하를 넘어 지상으로. 콘크리트와 흙냄새가 뒤섞인 길은 멀고 멀었다. 건조함에 목이 따끔거리기 시작할 무렵 약간의 빛이 보이기 시작했다. 그 빛은 보라색이 아니라 황금색이었다. 황금빛이 점점 더 가까워졌다. 우리를 잠식시킬 정도로. 눈이 부셨다. 에스컬레이터가 멈췄다.

마피아는 성큼성큼 걸어나갔다. 얼굴에 뭔가 부딪혔다. 분명히 부딪혔는데 아무것도 없었다. 머리카락이 휘날렸다.

"그게 바람이라는 거야."

마피아가 뒤돌아서 말했다. 바람, 바람…. 바람이 끝이 아니었다. 내 눈앞에는 대지가 펼쳐져 있었다. 지금까지 봤던 모든 거대함과는 비교되지 않았다. 숲이 있었다. 해가 있었다. 하늘이 있었다. 우리가 밟고 선 땅에는 잔디가 깔려 있었다. 그 냄새는 내가 상상한 것과 달랐다. 가끔 아빠가 가져오는 과일 팩의 냄새를 맡으면서 단 한 순간도 경험하지 못한 바깥을 갈망하고는 했다. 하지만 찐득거리는 과일즙의 냄새와는 차원이 달랐다.

돔 밖에서도 살 수 있느냐, 세계들을 어떻게 통일하느냐. 반-시스템단이 원했던 첫 번째 해답을 얻었다. 두 번째 해답은 부모님이 얻었던 것과 같았다. 여섯 개의 세계를 해체하라.

"이곳이 돔 밖인가요."

나는 간신히 한마디를 내뱉었다. 마피아가 말했다.

"맞아."

"하지만 돔 밖은 생존할 수 있는 환경이 아니라고…."

"대기는 폭발 후 먼지 때문에 사라진 것처럼 보였을 뿐이야. 먼지 제거는 거의 끝났지."

마피아는 고개를 저으며 제일 앞에 있는 나무에게로 걸어갔다. 그녀는 나뭇잎을 손으로 쓰다듬었다.

"하지만 이런 숲이 있을 줄은 몰랐다."

"부모님은 이 사실을 알리려고 0세계에 간 거군요. 그 사람과 이야기를 해서 세계를 해체하려고…."

"아니."

마피아가 내 말을 끊었다. 나는 영문을 몰라 마피아를 바라보았다. 숲을 본 순간 처음에는 놀랐고, 그다음에는 믿을 수 없을 만큼 기뻤다. 3세계에 더 이상 있지 않아도 되니까. 돔 밖에서 살 수 있다면 모두가 평등한 일곱 번째 세상이 만들어질 것이다. 하지만 마피아는 완전히 다른 이야기를 하고 있었다.

"0세계에서 이 사실을 모를 것 같아? 그들은 이미 70년 전부터 돔 밖이 생존 가능한 환경이라는 것을 알고 있었어. 시찰단도 끊임없이 내보냈는걸."

"그럴 리 없어요."

그 정도로 사악한 사람들은 아니잖아요. 비록 기계가 전부 복구돼서 3세계의 일을 대신할 수 있지만 딱히 제도를 도입하지 않은 게 그들의 잘못은 아니잖아요. 나 같은 사람들을 억압하고 짓눌렀지만 일부러 그런 건 아니잖아요. 부모님 같은 사람들이 기계처럼 다뤄진다는 것을 알았지만 할 수 있는 게 없었잖아요. 돔 밖이 생존 가능한 환경인데도 사람들을 속이는 것을 고집할 만큼 악독한 자들은 아니잖아요. 세계와 세계를 나누고 급과 급을 나눴지만 분명 다른 이유가 있었겠죠.

라는 긴 문장이 한마디에 모두 섞여 들어갔다. 마피아의 얼굴에는 웃음기가 없었다. 그건 충분한 대답이었다. 나는 소리를 내지르며 숲으로 뛰어들었다. 아무것도 보이지 않았다. 아무것도 들리지 않았다. 내 고함이 사방에서 울렸다. 나뭇잎과 풀, 나무와 하늘,

흙과 잔디, 결국엔 나에게로 되돌아왔다. 뜨거웠다. 너무 뜨거워서 주체할 수 없었다. 나는 제일 앞에 있는 나무에게로 달려들었다. 모형이다. 실제가 아니다. 부서질 것이다. 있는 힘껏 가지를 잡고 당겼다. 저항이라도 하듯 옆쪽에 달린 가지들이 내 손과 팔을 찔렀다. 고통 때문에 가지를 놓았다. 비명을 지르며 나무를 주먹으로 쳤다. 이번에는 고통이 느껴지지 않았다. 부서질 때까지 계속 칠 거라고 다짐하며 비명이 흐느낌으로 바뀔 때까지 이를 악물고 무감각해진 팔을 휘둘렀다.

나무가 움푹 파인 것이 보였다. 피와 뒤범벅된 가지가 얽히고설켜 작은 가시 여러 개까지 삐죽 튀어나와 있었다. 더 이상은 부정할 수 없었다. 이건 나무였다. 진짜 나무.

나는 휘청거리며 나무 밑에 주저앉았다. R이 반대편에 서서 나를 보고 있었다. 나는 고개를 들고 R을 마주 보았다.

"R, 이리 와. 아니, 와줄래?"

나에게서 나간 목소리가 예상보다 훨씬 부드럽고 지쳐 있었기 때문에 당황스러웠다. R은 잠자코 나에게로 걸어와서 옆쪽에 앉았다.

"우리는 윗세계를 위한 기계였어. 근데 그걸 이상하게 여기는 사람이 단 한 명도 없었지. 그 사실이 언제나 제일 끔찍했어."

R은 대답하지 않았다. 하지만 다정한 태도로 내 말을 계속 듣고 있었다.

"부모님은 그들과 싸우려고 간 거야. 세계를 해체하고 사람들을 해방시키기 위해서. 하지만 아직까지 돌아오지 않았잖아. 부모님도, 나도 전사가 아니야. 우리가 뭘 어떻게 할 수 있겠어?"

"주인님은 전사예요."

R이 진지하게 말했다.

"지금까지 해온 모든 일들은 전사가 아니면 할 수 없는 일이었어요."

나는 한참 동안 그대로 앉아 있었다. 모든 분노가 빠져나가자 바닥에 가라앉아 있던 새로운 목소리가 떠올랐다. 지금까지 계속 내 안에 있던 목소리였다. 다만 이제야 깨달았을 뿐이었다.

"나는 여섯 개의 세계를 해체하고 싶어."

이제는 내게 맡겨진 과업이었다. 부모님의 얼굴이 비쳤다. 반-시스템단 사람들도. 그들은 내게 가라고 말할 것이다. 사람들을 해방시킬 수만 있다면, 더 이상 나 같은 아이들이 생기지 않게 할 수만 있다면.

"가자."

R은 나의 뒤를 따라왔다. 숲을 되돌아 나가려면 기억을 더듬어야 했다. 주위를 둘러본 나는 이곳에 나와 R밖에 없다는 것을 알아챘다.

"R, 시호는 어디 있어?"

"검투사들의 공간에 있어요."

"좋아, 중요한 거니까 잘 들어."

"네."

나는 목을 몇 번 가다듬고도 뜸을 들였다. 어떻게 말을 꺼내면

좋을지 몰라서였다. 시호는 나를 위해 목숨까지 건 친구였으니까.

"너는 시호를 무서워해. 시호 말대로라면 그가 널 마음대로 조종할 수 있다는 것 때문에. 그게 맞니?"

R은 당황하지 않고 고개를 끄덕였다.

"네. 하지만 이제는 괜찮아요."

"내가 걱정할 건 없는 거지?"

"네."

나는 R에게 웃어 보였다. 한결 마음이 편해졌다. 초록빛의 나무들 사이로 거대한 돔의 회색 표면이 보였다. 길을 맞게 찾아온 것이 분명했다. 떠날 때와 마찬가지로 무표정을 하고 있는 마피아가 보였다.

"네 부모와는 다른 반응이구나. 그들은 놀라울 정도로 침착했고 조용히 의논을 했지. 그래, 결론도 다르게 나왔니?"

"그 전에 알고 싶은 게 있어요. 당신은 왜 돔 밖이 생존 가능한 환경이라는 것을 알면서도 아무것도 안 했죠?"

내 질문은 예상외의 것이었는지 마피아가 눈을 동그랗게 떴다. 그러더니 갑자기 킬킬거리면서 웃기 시작했다.

"내가 3세계인이나 4세계인의 해방을 원한다고 생각해? 그들이 어떻게 되든 상관없어. 난 이미 4세계를 버렸거든. 그들이 먼지 속에서 살아가게 내버려 둘 거야."

먼지라는 말에 생각나는 것이 있었다. 4세계 전역에 깔린 황색 먼지. 빅은 먼지를 계속 마시면 죽을 거라고 했다. 나는 천천히 입을 열었다.

"설마 4세계에 있는 먼지가….."

"내가 삽입했어."

마피아가 내 말을 끊었다.

"전에는 그들이 말을 잘 듣게 하기 위해서 먼지를 썼지. 먼지의 양을 조절하는 식으로 말이야. 그 용도로 딱 맞는 물질을 돔 밖에서 발견했을 뿐이야. 그런데 문제는 내가 여행을 다녀온 이후부터 시작됐어."

마피아는 짜증스러운 표정을 지었다.

"세계 이동을 몇 번 했는데 정리 사업단에게 잡혔지. 그 과정에서 네 부모가 내 목숨을 구해준 거야. 우린 같이 감옥에 갇혔지만 처벌이 4세계 추방으로 내려진 덕분에 그나마 다행이었어. 4세계는 내 집이나 다름없었으니까. 그런데 아무도 나를 알아보지 못했어. 하다못해 강화외골격을 내어주는 사람도 없었고."

"강화외골격이라고요?"

마피아는 나를 흘낏 내려다보았다. 마치 나는 있든 없든 상관없다는 태도였다.

"비행 슈트를 말해. 안전하게 5세계로 이동하려면 그게 필요하거든. 그러다가 한 가게에 들어갔는데 더 가관이었어. 나를 알아보지 못하는 건 그렇다 쳐도 생체 정보까지 훔치지 뭐야?"

나는 시호가 해준 이야기를 떠올렸다. 마피아는 깃시다의 집으로부터 생체 정보를 도둑맞은 사람 중 하나라는 이야기. 마피아가 화난 이유는 아마 그곳에 있는 모양이었다.

"그때 4세계에 온정을 베풀 필요가 없다는 걸 알았지. 이젠 최대치로 먼지를 깔아놓고 기다리는 중이야. 이 속도라면 돔 밖은 곧 완벽히 깨끗해질 거야."

"대신 사람들의 폐로 먼지가 들어가겠죠."

나는 얼굴을 찡그리며 말했다.

"4세계의 아이들을 봤나요? 당신은 쓰레기를 주워 먹는 그 아이들의 폐로 먼지를 불어넣는 거예요."

"재밌군."

마피아는 전혀 재밌지 않은 얼굴로 차갑게 말했다.

"네 징징거리는 소리를 들어줄 여유는 없지만 말했잖아, 난 은혜를 갚는다고. 그래서 결론은 뭐야?"

"여섯 개의 세계를 해체하고 싶어요."

"예상했어."

마피아가 고개를 끄덕였다.

"그리고 나도 부자들이 몰락하는 과정을 보고 싶구나. 하지만 은혜를 갚는 셈 치고 말해준다면, 넌 죽을 거야. 내가 해줄 수 있는 일은 1세계로 데려다주는 게 끝이고. 죽음을 향해 양팔을 벌리고 뛰어드는 것과 다름없는데도 그걸 원해?"

"네. 그리고 4세계의 아이들도 구할 수 있겠죠."

마피아는 내 말을 듣고 기가 차다는 표정을 지었지만 아무 말도 하지 않았다. 내 부모님에게 은혜를 갚고자 하는 마음, 부자들의 몰락을 보고 싶은 마음, 혹은 버릇없는 여자애에게 본때를 보여주고 싶은 마음이 서로 갈등하는 것 같았다. 나는 아랑곳하지 않고 말을 이었다.

"마지막으로 하나만 더 부탁드릴게요. 유리는….."

"치료했어."

마피아가 말했다.

"넌 몰랐겠지만 검투 실력이 출중한 자들은 대부분 치료해서 다시 내놓거든. 잃는 건 아까우니까 말이야. 원하면 잠깐 보고 가도 좋다."

"감사합니다."

나는 유리를 보고 가야 한다고 생각했기 때문에 두말하지 않고 마피아를 따라 에스컬레이터에 올라탔다. 에스컬레이터는 반대 방향으로 움직이기 시작해서 우리를 다시 지하로 이끌었다. 바람과 빛이 점점 멀어졌다. 그리고 암흑이 다시 찾아왔을 때 5세계가 나타났다.

마피아는 아까 지나왔던 길로 되돌아가지 않았다. 커다랗게 우뚝 솟아 있는 건물들 중 하나를 향해 걸어갔다. 입구에는 유리 박스가 설치되어 있었는데 젊은 여자가 들어오는 사람들을 확인하고 있었다. 사람들이 마피아를 보고 길을 비켜주자 여자도 고개를 깊이 숙이며 말했다.

"좋은 시간 되십시오, 마피아 님."

마피아는 아무 말 없이 건물 안으로 들어갔다. 은은한 조명을 틀어놓은 건물 내부 공간은 파티를 위해 꾸며놓은 듯했다. 요란한 음악 소리가 곳곳에서 울려 퍼졌다. 더 안쪽으로 들어가자 거대한 공간이 드러났다. 사람들은 먹고 마시며 이야기를 하고 있었는데 여기까지는 사실 별로 문제가 없었다. 하지만 중간에서 풍덩 소리가 나자 호기심이 밀려왔다. 나는 마피아가 걸어가는 방향을 확인하고 중간 쪽으로 다가갔다. 내 뒤를 바짝 붙어서 따라오던 R이 속삭였다.

"어디 가세요?"

"잠깐만."

고개를 돌리자 커다랗고 깊은 수조가 보였다. 사람들의 발밑으로 움푹 파여 있었는데 떨어지지 않도록 난간이 설치되어 있었다. 벽과 바닥이 밝은 하늘색으로 칠해져 있어서인지 수조는 단연 눈에 띄었다. 하지만 알아볼 수 없는 형체가 둥둥 떠 있는 걸로 보아 미관상의 목적은 아닌 것 같았다.

"주인님, 저 아래에⋯."

R이 놀란 듯이 말했다. 나는 수조 안을 자세히 들여다보았다. 이상한 물고기가 있었다. 사람이 똑바로 서 있을 때와 비슷한 크기였는데 대여섯 마리가 수조 안에서 빙글빙글 헤엄치고 있었다. 그 물고기들은 한 번씩 알아볼 수 없는 형체에게 달려들었다가 물러났다. 뾰족하고 날카로운 이빨로 형체를 쪼는 것 같았다.

나는 낯이 익은 물고기들을 한참 동안 바라보다가 어디서 마주쳤는지 기억해 냈다.

"저 물고기들은 우리가 분수대에 들어갔을 때 달려든 것과 똑같아. 어두워서 확실하지는 않지만. R, 그때 네가 그것들로부터 빠져나오게 도와줬잖아."

"저도 기억나요."

R이 말했다. 나는 순간적으로 눈살을 찌푸렸다.

"그럼 저 형체는⋯."

내 말이 끝나기도 전에 왁자지껄한 웃음소리가 들렸다. 수조 앞으로 사람들이 모여드는 바람에 나는 앞으로 밀려 나와 물고기들을 바로 앞에서 볼 수 있게 되었다. 끝부분에 달린 다이빙대 위로 얼굴이 하얗게 질린 한 남자가 서 있는 것이 보였다.

"제발…."

남자가 야윈 얼굴을 손으로 쓸면서 중얼거렸다. 그 모습을 보니 구덩이 옆에서 애원하던 윙슈트 소년이 떠올랐다. 빅이 소년과 함께 그곳에서 잘 탈출했기만을 바랄 뿐이었다.

사람들은 그 남자가 괴로워하는 모습을 즐기는 듯했다. 한 사람이 막대기로 남자를 쿡쿡 찔렀다. 다음 순간 균형을 잃은 남자가 풍덩 소리를 내며 수조 안으로 빠졌다. 아까 전에 난 풍덩 소리도 같은 것이라고 생각하니 온몸에 소름이 돋았다. 물고기들은 새로운 먹이를 마다하지 않았다. 사람들의 웃음 소리와 요란한 음악 소리 사이에서 남자의 비명 소리는 오래가지 못했다. 나는 남자가 알아볼 수 없는 형체로 바뀌기 전에 고개를 돌리고 서둘러 그 틈에서 나왔다. R이 나를 쫓아 나오며 물었다.

"괜찮으세요?"

"화가 나."

나는 말을 내뱉으며 마피아가 어디 있는지 찾기 위해 사람들을 헤쳐 지나갔다. 하지만 먼저 찾아낸 쪽은 내가 아니라 마피아였다. 마피아는 내 팔을 붙들고 화를 냈다.

"뭐 하는 거야? 중간에 놓치면 영원히 못 볼 수도 있어. 너도 수조에 들어가고 싶어?"

나는 고집스러운 얼굴로 입을 다물어 버렸다. 마피아는 화를 식히려는 듯이 손으로 부채질을 했다.

"이 파티를 연 자는 사람을 먹이로 내놓는 것을 즐겨. 물론 네가 보기엔 악취미겠지만 다르게 생각하면 이상할 것도 없지."

"돔 밖에 생명체도 살고 있나요? 3세계 분수대에도 저 물고기가 있었거든요."

나는 침착하게 말했다. 갈가리 찢기는 사람이 계속 머릿속에 떠올랐지만 더 이상 마피아의 심기를 거스르면 안 될 것 같았다. 다행히 마피아도 그 화제에 정신이 팔린듯했다.

"그래. 아직까지 발견한 건 식인 민물고기밖에 없지만 다른 생명체도 충분히 가능성이 있어. 우리는 3세계에 물고기를 수출한 적이 있지. 그런데 이걸 분수대에 쓴다고? 그거야말로 악취미 아니니?"

마피아가 눈을 치켜뜨며 물었다. 그 바람에 나는 분수대 안쪽의 비밀 공간을 설명해야 했다. 설명이 끝났을 무렵 우리는 시끄러운 그곳을 벗어나 하얀 조명이 환하게 비치는 복도를 걷고 있었다. 복도 끝에는 기이하게 보이는 문이 두 개 달려 있었다. 나는 조금 후에 그것이 엘리베이터라는 사실을 알아차렸다.

나와 마피아, R은 허름한 엘리베이터에 올라탔다. 마피아가 3층 버튼을 눌렀다. 버튼은 오십여 개 정도 되는 것 같았는데 다 세기 전에 3층에 도착했다는 알림음이 울렸다. 마피아는 성큼 내려서서 또다시 나온 하얀 복도를 걸어갔다. 소독약 냄새가 확 풍기는 걸로 보아 병원인 것 같았다.

"잠깐 들렀다 갈 데가 있어."

마피아가 말했다. 그녀는 금방 왼쪽 갈림길로 들어서서 망설이지 않고 한 병실의 문을 열어젖혔다. 그 방 안에는 한 소년이 누워 있었는데 벌떡 일어나서 불쾌하다는 듯이 마피아를 쏘아보았다. 나는 그 소년이 마피아와 무척 닮았다는 것을 깨달았다. 비쩍 마른 몸만 빼면 검은색 머리카락과 날카로운 눈까지 똑같았다. 하지만 소년의 왼쪽 팔은 R의 것보다 훨씬 강해 보이는 로봇 팔이 대신하고 있었다. 마피아가 동정심이라고는 찾아볼 수 없는 말투로 중얼거렸다.

"그러게 왜 4세계로 도망쳐서….."

"당신은 늘 그래. 내가 언제 날 찾아주기를 바랐냐고! 멋대로 사이보그로 만들고 나서도 어머니 대접을 받길 원해?"

소년이 원망에 찬 목소리로 악을 썼다. 마피아는 소년의 어머니인 모양이었다. 마피아가 냉정하게 말했다.

"이곳에서 살아남으려면 강해져야 한다. 이제 아무도 널 괴롭히지 않을 거야."

"당신은!"

소년은 마피아의 말은 질렸다는 듯이 무시하고 나를 돌아봤다가 뜻밖이라는 듯이 외쳤다.

"나를 구해줬잖아. 기억 안 나? 빅이 나를 도울 때 당신도 함께 있었지."

나는 빅이라는 말에 흠칫 놀라며 소년을 자세히 살펴보았다. 구덩이 앞에서 협박당하던 윙슈트 소년이었다. 나는 로봇 팔 외의 다른 부분은 무척 약해 보이는 소년을 향해 대답했다.

"기억나. 지금은 괜찮니?"

"사이보그가 되었으니 괜찮다고 하기엔 애매하지만 고맙다는 말을 하고 싶어. 모두가 그런 상황에서 용기를 내는 건 아니잖아."

소년의 웃음은 고요했다. 마피아를 대할 때에는 나타나지 않았던 유순함이 드러난 듯했다. 나는 소년에게 한 번 미소를 지어 보였다. 마피아가 확 달라진 목소리로 말했다.

"내 아들을 구해줬다고?"

"그래, 당신이 검투를 관람하고 있을 동안 말이야!"

소년이 소리쳤다. 마피아는 아들에게 차가운 눈길을 한 번 던지고 병실에서 나왔다. 나와 R도 따라 나올 수밖에 없었다. 마피아는 화가 난 것처럼 하얀 복도를 계속 걷다가 끼익 소리를 내며 멈췄다.

"무슨 상황이 있었던 건지 대략은 알지만, 더 자세하게 말해준다면 고맙겠군."

나는 나에게 하는 말이라는 것을 알고 나서 최대한 간단하게 설명하려고 노력했다.

"5세계로 통하는 구덩이 앞으로 갔는데 한 소년이 보였어요. 불량배들이 소년에게 제대로 날지도 못할 것 같은 윙슈트를 입혀두고 조롱하며 구덩이 속으로 던지려 했죠. 그때 빅이 그중 제일 주도적이었던 남자를 구덩이 안으로 밀어서 싸움이 벌어졌어요. 제쪽으로 패거리 중 하나가 와서 가격했는데 구덩이 안으로 떨어졌고 그 이후에 사람들이 몰려오는 바람에 저도 그 속으로 뛰어든 거예요. 소년은 빅과 함께 있었는데 그다음부터는 어떻게 된 일인지 몰라요."

"그다음부터는 네 친구 빅이 이야기해 줬어."

마피아가 말했다. 그렇다면 빅이 이곳에 있다는 말일까? 미처 묻기도 전에 나는 답을 알 수 있었다. 문이 열린 병실 안에는 힘없이 기댄 유리와 그 옆에 앉은 빅과 매튜가 있었다.

"세상에."

나는 한꺼번에 쏟아진 사실들을 이해하려고 애쓰며 유리에게로 가까이 다가갔다. 유리는 기운이 없어 보이기는 했지만 나를 똑바로 바라보았다.

"유리, 정말 미안해요."

나는 이를 악물고 말했다. 그렇지 않으면 눈물이 쏟아질 것 같았기 때문이었다. 유리가 희미한 목소리로 말했다.

"용서를 빌어야 할 사람은 바로 나야, 75. 날 위하지도 않는 사람들에게 속아서 친구들을 팔아넘겼잖아. 정리 사업단의 약속이 너무 화려해 보였어. 나에게 2세계의 일반인처럼 살게 해주겠다고 말했거든. 사실 이 모든 건 너에게 칼을 겨눌 때 깨달았어. 네가 날 찌른 게 아니야. 내가 스스로 찔린 거지. 더 이상 이곳에서 살아갈 용기가 없었어."

유리의 뺨에 눈물이 흘러내렸다.

"이건 당신의 잘못이 아니에요. 이렇게 세계를 나눠놓은 자들의 잘못이죠."

나는 진심으로 말했다. 그러고 나서 빅과 매튜에게로 고개를 돌렸다.

"빅, 매튜, 대체 어떻게 된 일이에요?"

"싸움판에서 빠져나온 후 우리는 소년을 관찰하고 일반적인 4세계의 아이가 아니라는 걸 확신했어. 그때 소년을 찾던 5세계 용병들이 온 거야. 아마 구덩이 앞에서 떠들썩한 싸움이 벌어지니 그들의 귀에 들어갔겠지. 빅이 유리를 발견하고는 옆에 있게 해달라고 간청했어."

매튜가 말을 끝내자 빅은 유리의 손을 잡고 갈라진 목소리로 말했다.

"75, 정말 유리가 살아 있을 줄은 몰랐어. 내게 새로운 희망을 줘서 고맙다."

"두 사람이 제게 희망을 준 거죠."

나는 부드럽게 말했다. 하지만 시간이 별로 없었다. 나는 가야 했다. 그들을 뒤로하고 병실에서 나오자 마피아가 말했다.

"보다시피 내 아들은 무척 약해. 5세계에는 어울리지 않는 체구지. 로봇 팔을 억지로 설치했지만 그건 흔한 일이야. 다들 강해지고 싶어 하니까. 아들은 늘 내가 자신을 너무 억압한다고 말했어. 그래서 4세계로 도망친 거겠지."

"그래도 본인의 의사 없이 사이보그로 만드는 건…"

내가 머뭇거리며 말했다. 화를 낼 줄 알았지만 마피아는 느릿느릿 대답했다.

"의사가 어떻든 이제 자신의 몸을 지킬 수 있을 거야. 이제 너에

관한 이야기를 해보자. 나는 또 은혜를 입었어. 내 아들을 구해줬

잖아. 원하는 것을 하나 더 말해봐."

나는 잠시 동안 병실에 있던 유리를 떠올렸다.

"유리가 회복되면 빅, 매튜와 함께 있도록 해주세요. 검투사로

남은 인생을 살게 하지 마시고요."

"그건 이미 빅의 부탁으로 들어줬어. 유리는 그들이 책임지게 될

거야."

마피아가 말했다. 다행이었다. 하지만 마피아에게 뭔가 부탁할

수 있는 기회를 날리기엔 아깝다는 생각이 들었다. 동시에 또 다른

생각이 떠올랐다.

"4세계로 보내는 먼지를 중단하는 건 어때요?"

마피아는 놀란 표정으로 날 보았다. 그러더니 손을 들어 박수를

쳤다.

"건방지군, ZG-75. 하지만 그렇게 하지. 어차피 너도 곧 죽게 될

거야."

"감사합니다."

나는 냉담하게 말했다. 마피아는 그 자체로 좋은 사람은 아니었

지만 내게 도움을 줄 수 있는 사람이었다.

"되도록이면 빨리 가야 해요. 제 일행인 시호가 검투사들의 공간

에 있다고 들었는데 데리러 가도 되나요?"

"그럴 필요 없어. 사람을 시키지."

마피아가 얼굴을 찌푸리며 복도를 가로질러 가던 사람에게 뭐라

고 말했다. 그 사람은 고개를 끄덕이며 사라졌다.

"네 친구는 비행장에서 만나게 될 거야."

나는 그 비행장이 T의 비행장과는 전혀 다르다는 것을 짐작할 수 있었다. 마피아는 곧바로 엘리베이터에 올라타더니 태양 표시가 그려진 버튼을 눌렀다. 엘리베이터가 움직이기 시작했다. 속도가 빠르지 않아서인지 꽤 오래 걸렸다. 도착했을 무렵에는 좁은 엘리베이터 안의 공기가 거의 사라진 것 같았다. 엘리베이터 문이 열린 순간 나는 강한 바람을 예상했다. 건물의 옥상이라고 생각했기 때문이었다. 하지만 실망스럽게도 그곳은 아직 5세계였다. 천장이 훨씬 가까워진 것 말고는 별다른 점이 없었다.

마피아는 좁게 난 통로로 걸어갔다. 그 통로는 불안하게 매달린 흔들다리였는데 끝없이 연결되어 있었다. 마피아는 아무렇지도 않게 그 위로 걷기 시작했다.

"음, 너 먼저 가."

나는 R에게 말했다. R은 눈알을 굴리더니 천천히 마피아의 뒤를 따랐다. 어느 때보다도 기계적인 발걸음이었다. 나는 한숨과 함께 아래쪽을 내려다보았다. 커다란 건물들이 모두 내 발밑에 있었다. 끔찍했지만 나는 앞만 바라보려고 노력하며 한 발짝을 내디뎠다. 흔들다리가 출렁였다. 가느다란 끈으로만 지탱된 다리가 무너질 것 같았다.

"주인님!"

R이 되돌아오고 있었다. 그 바람에 흔들다리가 더 출렁였다. 나는

가만히 서 있으라고 말하고 싶었지만 R은 금방 내 앞에 다다랐다.

"투명 안전대가 설치되어 있어요."

R은 흔들다리 밑으로 손을 넣어 뭔가 건드렸다. 그러자 접촉한 부분이 물처럼 옆으로 퍼지며 전체 형태를 잠깐 동안 보였다.

"고마워, R."

나는 다시 걷기 시작했다. 떨어질 일이 없다고 생각하니 아무렇지도 않게 걸을 수 있었다. 마피아는 끝에서 기다리고 있었지만 왜 우리가 늦었는지 모르는 듯했다. 끝에는 문이 하나 있었는데 3세계가 생각날 정도로 아주 작고 허름했다. 마피아는 문을 열었고 그제야 빛과 함께 강한 바람이 쏟아졌다.

비행장이었다. 적어도 마피아에게는 그랬다. 하지만 내가 보기에는 그저 아주 기다란 도로였다. 우리 앞에 작은 비행기가 있었다. 천장이 뚫려 있었고 로의 비행선보다 약간 큰 규모였다. 비행기는 하나뿐이었다. 하지만 비행기 옆에 어색하게 서 있는 소년이 보이자 나는 반갑게 손을 흔들었다.

"시호!"

"75, 괜찮은 거야? 아무것도 말해주지 않아서 밤새 얼마나 불안했는지 몰라."

"난 괜찮아. 그리고 여긴 마피아…."

마피아가 내 말을 잘랐다.

"소개는 필요 없어."

마피아가 우리를 지나쳐 조종석으로 가자 시호가 눈을 동그랗게 뜨고 나를 봤다. 5세계의 제왕인 마피아가 대체 무슨 연유로 우리를 도와주고 있는지 궁금한 모양이었다. 나는 나중에 설명해 준다고 얼버무리며 비행기에 올라탔다. 시호와 R까지 탑승하자 마피아가 직접 레버를 올렸다. 비행기가 활주로를 따라 달리기 시작했다. 처음에는 느렸지만 점점 빨라졌다. 그리고 지금까지 느꼈던 것 중 가장 강한 바람과 함께 우리는 날기 시작했다.

위로, 위로, 위로. 올라갈수록 몸도 가벼워지는 것 같았다. 푸른 하늘이 보였고 초록빛 대지가 보였고 그사이에 우뚝 솟아오른 삼각기둥 모양의 돔이 보였다. 돔은 작았다. 많은 것을 생각보다 작다고 여겼지만 돔마저 작게 여기리라고는 예상하지 못했다. 하지만 그건 사실이었다. 돔은 작았고 그 작은 공간에서 층을 나누어 살아가는 것은 정말 우스운 일이었다.

비행은 금방 끝났다. 마피아는 깎아지른 듯한 돔의 표면을 따라 점점 더 위로 올라갔다. 그러다가 어느 순간 멈췄다. 우리는 총 일곱 개의 환풍기를 볼 수 있었다. 돔의 표면에 규모가 어마어마한 환풍기가 붙어 있는데 가장자리에 테두리가 둘러져 있어서 그것들을 보호하고 있었다.

"반대쪽에도 일곱 개가 있어."

마피아가 설명했다.

"하지만 가봤자 소용없어. 그쪽은 모두 정상적으로 작동하고 있으니까."

"왜 정상적으로 작동하면 안 되는데요?"

시호가 얼굴을 찡그리며 물었다. 환풍기의 프로펠러가 무서운 속도로 돌면서 내는 소리에 시호의 말은 묻혀버렸다. 나는 일곱 개의 환풍기 중 마지막 것이 멈춰 있다는 것을 깨달았다. 그 거대한 프로펠러는 먼지가 쌓인 채 작동하지 않고 있었다.

"여기."

마피아가 내게 세 개의 팔찌를 내밀었다. 팔찌는 단단한 금속으로 되어 있었는데 중간에 버튼이 보였다.

"너희들은 0세계에서 내려온 시찰단이야. 1세계를 둘러보려고 온 거지. 누군가 신분을 확인하려고 하면 팔찌의 버튼을 눌러. 홀로그램이 나타나면서 별문제 없이 지나갈 수 있을 거야. 0세계로 가는 방법도 알려주고 싶지만 그건 나도 모르겠다."

나는 팔찌를 받아들고 시호와 R에게 하나씩 건넸다. 차갑고 가벼웠다.

"고마워요."

"행운을 빈다."

마피아가 말했다. 나는 환풍기의 테두리로 뛰어올랐다. 워낙 그곳이 튼튼하고 널찍해서 어려운 건 없었다. 시호도 내 뒤를 따랐다. R은 정말 싫다는 듯이 고개를 저었지만 결국 해냈다. 비행기는 사라졌다. 바람까지 사라지자 나는 마피아가 완전히 떠났다는 것을 알았다.

"이쪽 날개가 부서졌어."

나는 팬에 달린 프로펠러를 보며 말했다. 충분히 들어갈 수 있을 것 같았다. 우리는 무슨 이유에선지 작동하지 않는 모터를 지나 넓은 통로에 발을 디뎠다. 빛이 보이는 쪽에는 동시에 소리도 들렸다. 그때 시호가 날 붙잡았다.

"잠깐! 75, 난 설명을 들어야겠어. 우리는 돔 밖을 지나왔는데도 어떻게 살아 있는 거지? 환풍기는 또 어떻고? 바깥에 대기가 없는데 공기층세계를 거치지 않고 이런 식으로 설치해도 되는 거야?"

"1세계에 환풍기가 있다면 그때부턴 걱정 안 해도 돼. 상층 사람들은 자신들에게 해가 되는 건 하지 않으니까."

내가 말했다.

"모든 게 다 가짜였어. 돔 밖은 생존 가능한 환경이야! 0세계는 이 사실을 알고도 모른척한 거고. 우리 부모님은 이 모든 것을 없애려고 0세계로 향했어. 나도 똑같이 그들을 따를 거고 설사 못 찾는다고 해도 그다음에 남겨진 과업이 있잖아."

어둠 속에서 반짝이는 시호의 눈은 흔들리고 있었다. 나는 그가 상처받았다는 것을 알아차렸다. 지금까지 속아왔다는 것에, 억압당하고 쫓기며 살았다는 것에. 하지만 시호는 천천히 대답했다.

"여섯 개의 세계를 해체하는 것?"

나는 대답 대신 미소를 지었다.

11.
상층, 중층, 하층

우리는 걷기 시작했다. 상층 사람들에게 들어오는 깨끗한 공기와 함께 1세계에 도착했다. 그 순간 나는 소리의 정체가 뭔지 깨달았다. 굵은 물줄기들이 하늘에서 쏟아지고 있었다. 그 물줄기들은 바닥에 부딪히며 쏴아아아 소리를 만들어 냈다. 비였다. 폭우라고 해도 좋을 것 같았다. 흐린 하늘 한가운데에 전광판이 우뚝 솟아 있었다. 3세계의 전광판과 비슷했지만 훨씬 더 크고 화질이 좋았다. 전광판에는 '오늘의 날씨: 비'라고 적혀 있었다. 나는 전광판 옆에 떠 있는 정원들을 볼 수 있었다. 비 때문인지 밖에 나온 사람들은 없었다. 정원 한가운데에는 각각의 저택들이 위치하고 있었다.

"대체 어떻게 떠 있는 거지?"

내가 말했다. 나는 고개를 숙여 바닥을 보았다. 여리지만 생명력 강한 풀 아래에 흙 알갱이가 자리 잡고 있었다. 그리고 중간에 놓인 도로는 풀과 흙을 해치지 않으려는 듯이 낮은 높이에서 살짝 떠 있었다.

"자기부상도로야."

시호가 말했다.

"그리고 이곳은 자연이 그대로 보존되어 있어."

모든 저택이 정원과 함께 공중에 떠 있는 것은 아니었다. 대부분 푸른 잔디 위에 지어져 있었다. 그리고 떠 있는 도로가 각 저택의 문마다 이어져 있었다.

나는 시호를 돌아보았다. 어디서부터 시작해야 할지 알 수 없었다. 비는 계속 쏟아지고 있었고 사람들은 아무 데도 없었다.

"가자."

시호는 또렷하게 말하며 도로 위로 올라섰다. 나도 시호를 따랐다. 딱히 엄청난 것을 기대하진 않았다. 하지만 도로 너머로 시선을 옮기자 수백 개의 저택이 늘어선 것이 보였다. 엄청났다. 그 엄청난 저택들 위로 비가 퍼붓고 있었다.

나는 움직이려고 했다. 그 순간 찰박거리는 소리가 났다. 작고 질척한 뭔가가 바닥을 디뎌야만 날 수 있는 소리였다.

"어!"

높은 목소리가 들렸다. 세차게 내리는 빗속에서 두 눈동자가 나를 주시하고 있었다. 선명하고 동시에 어두운 보라색 눈동자였다.

그 눈동자의 주인은 열 살 정도 되어 보이는 여자아이였다. 옅은 분홍색 머리카락을 아무렇게나 풀어헤치고 정원 울타리 안쪽에서 물웅덩이를 관찰하던 중이었다.

"들어올래?"

여자아이가 물었다. 의심할 것도 없이 우리 셋을 향해서였다.

"너희 부모님이 좋아하지 않을걸, 꼬마야."

시호가 말했다. 꼬마라고 불린 여자아이는 천진난만하게 말했다.

"아니야. 우리 엄마는 언니를 좋아해. 할아버지는 오빠를 좋아해. 아빠는 로봇을 좋아해."

"그것참 고맙구나."

나는 여자아이의 두 눈동자가 준 충격에서 아직 벗어나지 못했기 때문에 짧게 대답했다. 그때 저택의 문이 열렸다. 안쪽에서 20대 초반의 여자가 소리쳤다.

"헤베, 들어와. 오늘은 놀기에 별로 좋은 날씨가 아니야."

여자아이의 이름이 헤베인 것 같았다. 헤베는 저택 쪽으로 고개를 돌리고 외쳤다.

"엄마, 언니가 왔는데 같이 점심 먹자고 하자."

"무슨 언니?"

여자는 울타리 밖으로 시선을 돌린 동시에 우리 셋을 발견했다. 그녀의 눈은 아주 커졌다. 나는 계속 서 있어도 되는 건지 확신이 들지 않았다. 하지만 여자는 몇 초 동안 우리를 보다가 아주 공손하게 말했다.

"들어오실래요?"

"들어가면 안 돼."

시호가 재빨리 속삭였다. 다행히도 여자는 그 말을 못 들은 것 같았다. 나도 빠르게 쏘아붙였다.

"그러면 이 도로를 계속 걸으라고? 퍼붓는 빗속에서?"

나는 다시 여자에게로 고개를 돌렸다. 그리고 웃지는 않았지만 예의 바르게 말했다.

"감사합니다."

그리고 헤베가 울타리의 문을 열자 우리는 안쪽으로 걸어 들어 갔다. 그 순간만큼은 내가 맞았다고 생각했지만 몇 초가 지나자 불 안해졌다. 아무것도 먹지 않아서 배가 고팠고 그러다 보니 잘못 선 택한 것 같았다. 여자의 미소는 아주 친절했다. 문득 그녀가 20대 초반인 것이 이상하다는 생각이 들었지만 우리는 금방 저택 안으 로 안내됐다.

아주 넓은 공간에 역시 20대 초반인 남자 두 명과 여자 한 명이 있었다. 그들은 원탁에 둘러앉아 있었는데 우리 모두가 앉고도 남 을 만큼 넓었다. 그들은 우리를 보고 여자와 똑같이 놀란 표정을 지었지만 금방 미소로 환영했다.

"난 헤베의 아빠예요."

남자 중 하나가 쾌활하게 말하고 R에게 악수를 청했다. R은 조금 당황한 것 같았지만 남자의 손을 잡았다. 그러자 옆에 있던 다른 남자가 말했다.

"난 헤베의 할아버지고, 이쪽은 헤베의 할머니예요."

맞은편에 앉아 있던 여자가 우아하게 고개를 숙였다. 나는 그들을 번갈아 보다가 입을 열었다.

"하지만…."

열 살 아이의 조부모가 20대 초반이라고? 시호가 나를 쿡 찔렀다. 나는 하려던 말을 삼켰다. 시호가 대신 말했다.

"초대해 주셔서 감사합니다."

"우리가 감사하죠."

헤베의 엄마가 말했다.

"앉으세요. 곧 음식이 나올 거예요."

나와 시호, R은 원탁에 앉았다. 원탁은 달팽이 껍질처럼 중간 부분이 회전할 수 있게 되어 있었는데 끝부분이 부엌으로 연결된 듯했다.

옷을 갈아입은 헤베가 때맞춰 도착했다. 머리카락은 여전히 헝클어져 있었지만 보고 있기만 해도 사랑스러운 아이였다. 헤베의 할아버지가 내 마음을 읽기라도 한 듯이 말했다.

"눈동자 색이 참 예쁘죠? 헤베가 태어나기 전에 고민을 많이 했어요. 세상에서 단 하나뿐인 색을 주고 싶어서 유전자 조작 전에 헤베꽃 보라색의 특허까지 걸어놓았지요."

"그래서 이름이 헤베였군요."

시호가 말했다. 헤베의 할아버지는 고개를 끄덕였다.

"헤베는 완벽한 유전자를 가지고 있어요. 아무에게도 뒤지지 않는답니다."

그때 음식이 나오기 시작했다. 끝부분에서 접시가 한 개씩 오고 있었는데 메뉴는 스테이크였다.

"환상 스테이크인가요?"

내가 묻자 혜베의 엄마는 고개를 저었다.

"아뇨. 환상 스테이크를 한 번 먹어본 적이 있는데 너무 질기고 고기 식감이 살지 않더군요. 진짜 소와는 비교가 안 돼요."

"소는 멸종했잖아요."

나는 손이 떨리는 것을 감추려고 포크를 다시 내려놓으며 말했다. 혜베의 엄마는 어깨를 으쓱였다.

"뭐, 저 아래에선 그렇겠죠."

'저 아래'가 어디를 뜻하는지 알 것 같았다. 나는 무표정으로 스테이크를 응시했다. 지금까지 아무 말도 하지 않던 혜베의 할머니가 입을 열었다.

"대체 어디에서 왔어요? 아직 청소년 같은데."

위기였다. 혜베의 할머니는 날카로운 눈으로 우리를 탐색하고 있었다. 혜베의 아빠가 끼어들었다.

"어머니, 노화 중단을 18세로 설정한다는 말이 있어요. 청소년 때가 노화를 멈추기에 제일 효과적이라는 연구 결과가 나왔대요."

"우리 때는 23세였는데. 아직도 그게 좋다는 생각엔 변함이 없어. 어른도 되지 않았는데 노화를 중단시킨다니 무슨 말도 안 되는 소리냐? 성장을 중단시키는 거겠지."

혜베의 할머니가 목소리를 높였다. 그 이후로는 아무도 말하지 않아서 거세게 뛰던 내 심장은 차츰 잦아들었다. 나는 포크를 들고 스테이크를 입에 넣었다. 육즙과 함께 스테이크의 풍미가 가득 배어났다. 유리와 함께 먹었던 환상 스테이크와는 확연히 다른 맛이었다. 하지만 뭔가 빠져 있었다. 반-시스템단에서 느꼈던 감정과는 달랐다.

나와 시호는 식사를 마쳤지만 R은 멀뚱히 앉아 있기만 했다. 그 모습을 본 혜베의 엄마가 살짝 웃으며 말했다.

"아, 음식을 못 드신다는 사실을 잊었네요. 아시다시피 저희 로봇은 좀 달라서요."

혜베의 엄마는 고개를 돌리고 누군가를 소리쳐 불렀다. 그러자 역시 20대 초반 정도 되는 아름다운 여자가 걸어 나왔다. 여자는 혜베의 엄마처럼 약간의 미소를 짓고 우리를 바라보았다.

"저희 로봇이에요. 인간과 함께 지낼 때 위화감이 없는 가정용 로봇이죠. 음식이 연료로 변환된답니다."

혜베의 엄마는 로봇에게 고개를 끄덕였다.

"손님이 와서 같이 식사를 못 했네. 스테이크를 하나 더 요리해서 먹도록 해."

"감사합니다."

로봇은 여전히 미소를 띤 채로 들어갔다. 스테이크라고? 1세계의 로봇이 먹는 음식이 3세계의 사람이 먹는 음식보다 훨씬 호화로웠다. 4세계에서는 저 한 접시를 위해 사람을 죽인다는 사실을 알까?

복잡한 생각 틈으로 헤베의 높은 목소리가 비집고 들어왔다.

"언니, 내 방 구경할래?"

"그래."

나는 시호를 남겨두고 헤베를 따라나섰다. R은 말하지도 않았는데 내 뒤에 따라붙었다. 1세계에 반감이 드는 건 사실이었다. 그들이 정당한 방법으로 부를 얻은 것 같지 않았다. 1세계 아이의 방을 구경하고 싶은 이유는 단지 그 방이 궁금해서가 아니었다. 나를 속이고 짓밟았으면서 그들은 어떻게 살아가는지 궁금했다.

식당을 나오자 거실이 보였다. 거실이라고 표현할 수밖에 없었지만 사실 그 거실은 우리 집하고 달랐다. 거대한 계단이 두 갈래로 나뉘어 굽어져 있었는데 저택이 2, 3층 정도 하는 것 같았다. 헤베의 방은 1층에 있는 모양이었다. 헤베는 넓은 거실을 가로질러 뛰어가더니 건너편에 있는 아치형 구조의 통로로 들어갔다. 헤베의 키에 딱 맞는 높이라서 나와 R은 허리를 굽혀야 했다. 통로는 길고 좁았는데 환한 황금색 조명이 이곳저곳에 붙어 있었다. 안쪽은 검은색이어서 그런지 밤하늘을 걷고 있는듯한 기분이었다. 그렇게 작지만 않았다면 아주 멋진 풍경이었을 것이다.

통로를 지나자 커다란 방이 나왔다. 수영장이 둘러싸고 있었고 작은 징검다리로 가운데 부분과 연결되어 있었다. 온통 보라색과 분홍색으로 꾸며진 방은 내가 평생 살았던 집보다 훨씬 크기가 컸다. 하지만 헤베는 단호하게 방을 지나쳤다. 맞은편에 또 다른, 일반적인 문이 있었다. 그 문을 열자 길고 넓은 복도가 나타났다.

"헤베, 저기가 네 방 아니니?"

내가 묻자 헤베는 고개를 저었다.

"언니한테 보여주고 싶은 게 있어."

나는 헤베를 계속 따라갔다. 헤베는 여러 개의 문을 지나 새로운 계단을 발견했다. 계단은 다른 곳처럼 깨끗했지만 어두웠다.

"지하 벙커야."

헤베가 계단 끝에 있는 커다란 문을 열었다. 잠기지만 않으면 쉽게 열 수 있는 문이었다. 나는 어둠에 익숙해지느라 눈을 몇 번 깜빡였는데 다음 순간 깜짝 놀랐다.

구덩이였다. 물론 5세계로 통하는 구덩이와는 달랐다. 성인 한 명이 빠져나갈 수 있을 정도의 크기였고 금속 조각들이 주위에 늘어져 있었다. 강한 충격이 아래에서 뚫고 올라온 것 같았다. 그 구덩이는 지하 벙커 한가운데에 쓸쓸하게 패여 있었다.

"음."

나는 구덩이에게서 눈을 떼지 않았다.

"그러니까 이건…."

"통로야."

헤베가 심각하게 대답했다. 나는 구덩이 쪽으로 가까이 다가가며 물었다.

"이걸 왜 나한테 보여주는 거야?"

"엄마, 아빠, 할머니, 할아버지는 몰라. 마멜 언니가 말하지 말아 달라고 부탁했거든. 그런데 언니는 괜찮을…."

"마멜?"

나는 헤베를 빤히 바라보았다. 마멜은 공기층세계에 있을 것이다. 1세계의 지하 벙커와 대체 무슨 상관일까?

"언니와 마멜 언니가 다시 만나면 전부 해결될 수 있을 거야."

헤베가 말했다. 나는 눈썹을 올렸다.

"너 지금 '다시'라고 했니?"

하지만 곧 마멜이 나에 대해 말했을 수도 있다는 생각이 들었다. 나는 벽에 기대서 숨을 골랐다.

"헤베, 마멜을 어떻게 만났는지 자세히 알려줄 수 있을까?"

"우리 가족은 지하 벙커에 잘 들어오지 않아. 그리고 방음벽이 두꺼워서 구멍을 뚫는 소리를 못 들었던 것 같아. 내가 여기로 왔을 때는 이미 마멜 언니하고 다른 사람들이 올라와 있었어. 나를 본 마멜 언니가 곤란해하면서 길을 잘못 뚫은 것 같다고 했어. 그리고 다들 내려가서 다시는 오지 않았어."

헤베가 말을 쏟아내고는 잠시 멈췄다가 물었다.

"가서 마멜 언니를 만날 거야?"

"그럴 수 없어."

나는 고개를 저었다.

"다른 할 일이 있어. 하지만 헤베, 정말 고마워. 처음부터 나라는 걸 알아봤어?"

"응."

나는 한 번 미소를 짓고 돌아섰다. 시간이 없었다. 최대한 빨리 0

세계로 이동할 방법을 알아내야 했다. 식당으로 돌아오자 시호가 초조하게 앉아 있는 것이 보였다. 나는 시호를 일으켜 세우며 말했다.

"점심 잘 먹었습니다. 정말 감사합니다."

"비도 오는데 어디 가려고요?"

헤베의 할아버지가 놀란 표정으로 물었다. 그러자 약속이라도 한 듯이 모두가 외쳤다.

"오늘 밤까지 비가 올 테니까 여기서 머물러요."

"내일 아침에 출발하면 되잖아요."

나는 시호를 바라보았다. 시호가 고개를 끄덕였다. 헤베의 아빠가 자리에서 일어나 가정용 로봇을 불렀다. 아까 그 로봇이 미소를 띤 채 다시 걸어 나왔다. 아무리 봐도 인간과 똑같은 외모였다. 헤베의 아빠가 말했다.

"이분들에게 방을 하나씩 드리도록 해."

"네, 알겠습니다."

로봇이 말하더니 우리에게 고개를 숙였다.

"따라오세요."

나는 시호, R과 함께 2층으로 가는 계단을 올라갔다. 로봇이 나란히 붙어 있는 방 두 개로 우리를 안내했다. 헤베의 방에 비하면 칙칙했지만 넓은 건 마찬가지였다. 로봇이 말했다.

"이곳에서 묵으시면 됩니다. 안쪽에 옷이 있습니다. 화장실은 복도 끝에 있습니다."

"고마워요."

내가 대꾸하자 로봇은 고개를 다시 숙인 후 사라졌다. 나는 시호 쪽을 돌아보며 말했다.

"내가 R과 함께 이 방을 쓸게."

시호는 고개를 끄덕이더니 잠시 문간에 멈춰 머리카락을 쓸어 올렸다. 지친 표정이었다.

"머리가 약간 아프네."

"머리뿐이겠어? 좀 쉬어."

나는 시호를 바라보며 중얼거렸다. 시호는 자신의 방 안으로 들어갔다. 문이 약하게 닫히는 소리가 나자 난 복도 한가운데에 스르르 주저앉았다. 시호가 나를 지키려고 몸을 던졌을 때, 남자들이 뇌까렸던 소리와 깃시다가 악을 쓰는 소리, 둔탁한 충돌 소리가 아직도 귓가에 맴돌았다. 언제나 나를 지키려 하는 사람들은 내 눈앞에서 하나씩 무너져 갔다. 이제는 내가 그들을 구할 때였다.

시호에게 고맙다는 인사를 하지 못한 것이 떠올랐다. 내 앞으로 망설이지 않고 뛰어들어서, 나 대신 방패막이가 되어주어서, 나를 지키려고 해주어서 고맙다고 말하고 싶었다. 그건 내 부모님에게 하는 말이기도 했다. 나는 천천히 문고리를 잡고 돌려서 시호의 방으로 들어갔다.

시호는 문을 등지고 서 있었다. 소리가 나지 않아서인지 내가 들어왔다는 것을 모르는 것 같았다. 나는 말을 시작하기 위해 숨을 들이마셨지만 그 순간 멈췄다. 시호가 어떤 물건을 손에 쥐고 있었다. 그 물건은 오른쪽 손에 들려 있었는데 시호는 물론 내 시야에서도 똑똑히 보였다. 시호는 그 물건을 잡고 물끄러미 바라보고 있었다. 고민하는 것처럼 보였다. 그건 공이었다.

나는 반사적으로 주머니에 손을 넣었다. 아직 그대로 있었다. 내 공이. 그렇다면 시호가 들고 있는 것은 부모님의 공이었다. 부모님이 사라진 1년 동안 계속 지니고 다녀서 낡을 대로 낡은 공. 아직도 그 순간이 눈에 선했다. 까맣고 작은 공처럼 생겼지만 딱딱한 물건. 안쪽에는 소형 카메라와 스피커, 홀로그램 발산기가 내장되어 있는 나의 공.

엄마의 목소리가 아득하게 들렸다.

"이 버튼을 누르면 홀로그램으로 영상 통화를 할 수 있단다. 또 녹화를 해두거나 그것을 보낼 수도 있지. 우리와 연락할 수 있는 수단이야."

그랬다. 하지만 단순한 연락 수단이 아니었다. 그 공은 부모님과 나의 연결고리였다. 그 공을 왜, 시호가, 1세계에서.

이 모든 것이 빠르게 스쳐 지나갔다. 머리로는 이해되지 않았지만 내 팔과 다리는 더 빠르게 움직였다. 나는 시호에게로 달려들어 멱살을 잡고 벽에 밀어붙였다. 가슴이 꽉 막힌 것 같았다. 영문도 모르는 분노가 온통 내 심장을 헤집고 있었다.

시호는 공을 바닥으로 떨어트렸고 놀라서 저항하려고 팔을 휘둘렀다. 하지만 그는 힘이 없었다. 아마 깃시다의 집에서 일어난 구타 때문이었을 것이다.

"어떻게 감히!"

나는 여전히 시호를 양손으로 밀어붙인 채 소리쳤다. 하지만 그건 울부짖는 쪽에 더 가까웠다. 슬픔이 아니었다. 분노라기엔 애매했다. 배신감이었다. 지금까지 느꼈던 감정 중 가장 아팠다.

시호는 입을 꾹 다물고 나를 노려보았다. 하지만 겁에 질린 얼굴이었다. 나를 무서워하는 것이 아니었다. 다른 누군가를 무서워하는 것이었다. 나는 무서워하는 표정을 잘 알았다. 지금까지 본 표정 중 가장 많이 본 것이었으니까. 감시단이 지나가기만 해도, 윗세계라는 말을 듣기만 해도, 강자들에게 눌린 약자들은 두려워했다. 공포는 그들에게 숨 쉬는 것만큼 익숙해진 것이어서 저항할 생각조차 없었다.

"R!"

나는 옆으로 고개를 돌려서 소리쳤다. R의 얼굴에도 공포가 서려 있었다. 나는 입술을 깨물고 말했다.

"문 닫아."

R은 시키는 대로 했다. 나는 다른 사람들이 방해하기 전에 사실을 알고 싶었다. 문 앞에 붙박인 듯 서 있는 R에게 나는 분명한 목소리로 지시했다.

"시호를 잡아."

하지만 R은 여전히 서 있었다. 방 안에 있는 누구도 움직이지 않았다. 시호의 심장에서 거세게 뛰는 소리가 팔목을 타고 내 심장까지 전해졌다. 적막한 방에 심장 소리가 울렸다.

"R?"

나는 그 거대한 심장 소리를 뚫고 다시 말했다. 하지만 내 목소리는 억눌려 있었다. 마찬가지로 거대한 감정 때문에. R이 말했다.

"못 해요."

"왜?"

설마 시호가 무서워서? R은 단지 시호가 자신을 마음대로 조종할 수 있다는 것 때문에 무서워한 것이 아닐지도 모른다. 빠르고 규칙적으로 울리는 심장 소리가 희미하게 들렸다. 모든 걸 놓고 싶을 정도로 혼란스러웠다.

하지만 난 놓지 않았다. 내 두 손은 여전히 시호의 멱살을 잡고 있었다. 애꿎은 나무에게 화풀이하느라 아직 관절에 피가 맺혀 있는 손이 바르르 떨렸다. 나는 시호에게서 손을 떼고 한 걸음 물러섰다. 시호가 벽을 타고 미끄러졌다. 무력하게.

"R, 넌 감정형 로봇이라고 했으니 적어도 내 말을 듣고 너의 판단을 내릴 수 있겠지."

나는 시호를 주시하며 굳은 목소리로 말했다. 그리고 이야기를 시작했다.

12.

생존

한 아이가 있었다. Z구역에서 일흔다섯 번째로 태어난 여자아이
였다. 세상에 태어난 생명과 앞으로 그 아이가 하게 될 모든 일은
겨우 다섯 글자로 정의되어 버렸다. 뜨겁게 달군 금속으로 아이의
목에 낙인을 찍었을 때, 아이의 삶에도 낙인이 찍혔다.

아이는 다른 사람에게 자신의 생각을 말할 수 없었다. 사람들과
생각이 달랐으니까. 부모님은 아이의 생각이 옳다고 말했지만 아
이는 고립되어 갔다. 친구를 사귈 수도 없었고 이야기를 할 수도
없었다.

미래에 대해 생각할 수 있는 나이가 되었을 무렵 아이는 절망했
다. 아이에게는 미래가 없었다. 아이는 열등했다. 하지만 사실 다

른 세계에서는 열등하지 않았다. 그 생각으로 사람들 사이에서 버텼다. 너는 열등하고 쓸모없다고 말하는 사람들 사이에서.

감시단을 봤다. 쇠몽둥이로 사람을 가격했고 피가 사방으로 튀었다. 아이의 옷에도 그 피가 묻었다. 그런데도 그 일이 옳은 것이었다. 그 일을 반대하면 틀린 것이었다.

아이는 매 순간마다 죽었지만 결국 생존했다. 자신이 여러 겹으로 이루어져 있다고 생각했다. 죽어도, 죽어도, 죽어도 한 겹씩 벗겨지기만 할 뿐 마지막에는 살아 있었다.

유일한 주축인 부모님이 사라졌지만 아이는 무너지지 않았다. 아이는 자신이 할 수 있는 모든 것을 했다. 찾고, 준비하고, 전력을 다했다.

계획을 실행에 옮겼을 때, 아이에게는 언제나 끝이 보였다. 하지만 끝났다고 생각했을 때 다음이 있었고, 또 그다음이 있었다. 여섯 개로 나누어진 세계를 끊임없이 이동했다. 아이는 죽었고, 죽었고, 죽었지만 마지막에는 생존했다.

그리고….

13.

진실

내 눈앞에 그들이 보였다. R과 시호.

"R, 너를 처음 만났을 때 내 이름을 보고 로봇 같다고 말한 걸 기억해. 윗세계에 대해 물어봤더니 밝고 아름다운 곳이라고 말했지. 넌 내 말에 무조건 복종하지 않았고 전투 기술은 단 한 가지도 없었어. 네 기억 장치의 일부가 복구되었을 때 TM-12의 얼굴이 비쳤어. 또 너는 2세계의 입체 지도도 갖고 있었지. 네가 전원이 꺼졌지만 보고 들을 수 있다는 말을 기억해. 너는 깨어난 직후 시호를 무서워했고, 나는 네가 감정을 느낄 수 있다는 사실을 알았어. 하지만 지금 생각해 보니 이 모든 게 이상해. 이상한 일의 연속이었어. 넌 내 친구였잖아. 나만 그렇게 생각한 거야?"

R은 서 있기만 했다. 하지만 R이 내 말에 고민하고 있다는 것을 알 수 있었다. 나는 시호에게로 고개를 돌렸다.

"시호, 널 2세계에 올라오자마자 바로 만났어. '중요한 건 출신이 아니라 능력이다'. 내가 마음에 들어 했던 말이었지. 넌 기술자이자 해커였고 나를 TM-12로부터 구했어. 깃시다의 집에서 내 방패막이가 되어줬고 뛰어난 컴퓨터 실력으로 R을 깨워냈지. 그리고 내게 R을 계속 데리고 있으라는 말을 했잖아. 이 일들도 전부 이상해. 내가 알지 못하는 것을 너희는 알고 있어."

시호의 얼굴은 고통스럽게 일그러졌다. 나는 천천히 바닥으로 손을 뻗었다. 시호가 떨어트린 공이 잡혔다. 익숙한 그립감이었다. 나는 공을 한참 동안 어루만지다가 주머니에서 내 공을 꺼냈다. 두 공을 모두 손 위에 올려놓았다. 닮았다. 하지만 달랐다. 시호가 떨어트린 공은 더 낡아 있었다. 그 순간 깃시다의 집에서 공을 주웠던 것이 스쳐 지나갔다.

"시호, 넌 처음부터 부모님의 공을 가지고 있었어. 하지만 깃시다의 집에서 우리 둘의 공이 바뀐 거야. 넌 내 공을 가지고 있었고, 지금 내가 가지고 있는 건…."

나는 공을 더 세게 그러쥐었다.

"부모님의 공이야."

"그래서 아까 작동이 안 됐구나."

시호가 꺼질듯한 목소리로 중얼거렸다. 나는 그 말을 정확히 이해할 수는 없었지만 마지막으로 모든 진심을 끌어모았다. 지금까지의 여정에서 느꼈던 모든 감정들이 전부 범벅되어 소용돌이쳤다.

"나는 진실이 필요해. 내가 장난감이 아니었다는 걸 증명해 줘. 제발."

길게 느껴지는 시간이 지났다. 내 눈에서 눈물이 흘러나온 순간 R과 시호가 동시에 이야기를 시작했다. 처음에는 말이 엉켜서 잘 들을 수 없었지만 결국 이해할 수 있었다. 처음부터 끝까지.

14.

공?

내 손에서 시호의 공이 떨어졌다. 탁, 둔탁한 소리가 났지만 공은 부서지지 않았다. 그들의 이야기가 끝났지만 나도 부서지지 않았다.

우리는 1층으로 내려갔다. 불빛이 새어 나오는 헤베의 방을 지나쳐 지하 벙커에 다다랐다. 아까보다도 더 어두웠지만 금속 조각들이 흩어져 있는 구덩이는 그대로였다. 나는 시호에게 공을 내밀고 고개를 끄덕였다.

"고마워."

"잠깐, 75."

나는 R과 함께 서서 시호를 바라보았다. 시호가 떨리는 목소리로 말했다.

"날 용서해 줄 거니?"

"그래, 물론. 이건 네 잘못이 아니야."

시호는 입꼬리를 조금 올렸다. 그리고 구덩이 안으로 들어갔다. 금속 조각들이 밟히는 소리가 났고 조금 후에는 고요해졌다. 잘 가. 하지 못한 작별 인사가 입가에서 맴돌았다.

나와 R은 지하 벙커의 문을 닫고 걷기 시작했다. 하지만 이번에 는 운이 좋지 못했다. 모퉁이를 돌던 헤베의 아빠가 우리를 보고 눈을 동그랗게 뜨며 말을 건넸다.

"좋은 시간 보내고 계신가요? 안 그래도 저녁 식사를 위해 세 분 을 부르려고 온 집안을 찾아다니던 중이었거든요."

"아, 벌써 시간이 그렇게 됐군요."

나는 건성으로 대꾸하며 우리가 대화를 나눈 시간이 정확히 어 느 정도인지 가늠해 보았다. 헤베의 아빠가 고개를 살짝 기울이며 물었다.

"그런데 한 분은 어디로 갔죠?"

"먼저 갔어요. 할 일이 있어서요."

"으음."

헤베의 아빠가 말했다. 난 그 말이 무엇을 의미하는지 알 수 없 었기 때문에 불안해졌다. 이제 나가야 할 때였다. 게다가 나에게는 더 이상 허비할 시간이 남아 있지 않았다.

"그리고 저도 가봐야 해요. 정말 감사했습니다."

나는 도망치듯 헤베의 아빠를 지나쳤다. 뒤에서 뭐라고 말하는 소리가 들렸지만 돌아보지 않았다. 나는 R과 함께 그 거대한 문을 통과하고 울타리를 넘었다. 비가 내리는 자기부상도로를 달리기 시작했다. 발을 디딜 때마다 철퍽 소리가 났고 그 소리는 점점 빨라졌다. 눈앞에 태양이 보였다. 빗속인데도 태양이 그렇게 선명한 것은 이상한 일이었다. 그 주위에 숨 막히도록 아름다운 노을이 있었다. 세상의 모든 색이 한꺼번에 매달린 하늘은 너무 높아서 도저히 닿을 수 없을 것 같았다. 새빨갛게 타오르는 태양을 향해 나는 달렸다.

늘어선 저택의 창문에서 사람들이 나를 지켜보고 있었다. 보호막을 씌우고 울타리 안쪽에서 지켜보는 사람들도 있었다. 심지어 일부는 비를 맞으면서까지 서 있었다. 그들은 내가 자신들을 보지 못한다고 생각했다. 하지만 나는 그들이 전부 보였고 무슨 생각을 하는지도 어느 정도 짐작할 수 있었다.

달리는 동안 하늘은 매우 아름다웠지만 서서히 어두워져 갔다. 속도를 늦췄다. 마침내 자기부상도로의 끝과 마주했다. 나는 천천히 멈췄다. 그리고 몸을 낮춰서 도로 아래로 손을 휘저었다. 버튼을 찾아야 했다. 풀, 흙, 도로의 표면이 지난 후에 버튼이 만져졌다.

"R, 엎드려."

R은 곧장 내 말대로 했다. 우리는 도로의 끝에 나란히 붙었다. 나는 버튼을 눌렀다. 도로가 움직이기 시작했다. 놀랍도록 빠른 속도로. 우리는 위로 올라가고 있었다.

"어떻게 가능한 거죠?"

R이 물었다.

"자성이 강해지는 거야."

"엄청난 자석인가 보군요."

"바깥에는 더 엄청난 자석이 있어."

나는 버튼에 손을 댄 채 낮은 목소리로 대꾸했다. 정확한 시간에 도로를 멈추지 않으면 우리는 뾰족한 천장에 부딪혀 다시 아래로 떨어질 것이다. 눈앞에 공중에 떠 있는 저택들이 스쳐 지나갔다. 그 저택들은 우리보다 높은 위치에 있었지만 몇 초 후에는 까마득히 아래에 있었다. 공중에 떠 있는 저택들도 이 도로를 이용할 수 있게 만든 것 같았다.

1세계의 태양이 점점 가까워졌다. 아직도 남은 열기를 느낄 수 있었지만 이제는 5세계의 태양처럼 완전히 꺼져 있었다.

나는 공을 두 손으로 쥐었다. 그러자 맨 처음 받았을 때처럼 내 손에 눌린 공이 달칵 소리를 내며 열렸다. 우리가 일주일 동안 나눈 대화가 전부 저장되어 있었다. 이건 부모님의 공이었다. 연락이 끊길 줄 알았으면 나도 저장을 했을 텐데.

하지만 그게 끝이 아니었다. 녹화되어 있는 영상들이 보였다. 부모님의 것은 아니었다. 나는 공을 다시 닫았다. 그리고 도로 아래쪽의 버튼을 눌렀다.

15.
시스템의 창시자

공중에 떠 있는 완벽한 정원이었다. 하지만 그 가운데 기다랗게 뚫린 공간이 있었고 나는 자기부상도로가 채워질 부분이라고 확신했다. 버튼을 누르자 도로는 즉시 멈췄고 나는 숨을 들이마시며 일어섰다.

"0세계야."

비는 여전히 쏟아지고 있었지만 물기를 머금은 0세계는 그 자체로 아름다웠다. 나는 도로를 벗어나 백야의 정원에 발을 내디뎠다.

은빛의 거대한 달과, 높은 나무가 자라고 화려한 꽃이 피어 있는 숲과, 달빛이 반사되어 반짝이는 하늘색 호수. 이곳저곳에 놓인 하얀 계단이 조명을 받으며 이들을 연결하고 있었다.

나는 웅장하게 쭉 뻗은 하얀 길을 바라보았다. 엄청나게 넓고 끝도 안 보일 정도로 길었다. 양옆에는 키 큰 야자수가 일정한 간격으로 심어져 있었다. 그리고 맨 끝에 어마어마한 규모의 궁전이 연결되어 있었다. 하지만 길 한가운데에서 누군가 우리를 기다리고 있었다. RF-002였다.

R과 머리부터 발끝까지 똑같은 그 로봇이 섬뜩하게 우리를 노려보았다. 그리고 그 순간 길에서 똑같은 하얀색의 벽들이 솟아나며 나와 R을 고립시켰다.

"미로야."

내가 중얼거렸다. 눈앞은 벽으로 가로막혀 있었지만 양쪽에 새로운 길이 생겼다. 어디로 가야 하는지에 대한 고민은 길지 않았다. 왼쪽 길에서 로봇이 달려오고 있었다. 로봇은 나와 R을 향해 총알을 쏘았다. 그 총알은 발사되는 순간 불꽃이 되어 미로의 벽에서 타올랐다.

"도망쳐!"

나는 필사적으로 소리치고는 로봇의 반대편으로 달리기 시작했다. 로봇이 쏘는 불꽃이 옆을 스치고 지나갔다. 벽이 계속 움직이며 나를 어디론가 유인하고 있었다. 나는 뒤돌아볼 틈도 없이 달리기만 했다. 불꽃이 계속 우리를 지나쳤지만 나보다는 R이 자주 겨냥되는 것 같았다. 다리가 아프고 숨이 차올랐다. 겨우 숨고 나면 벽이 아래쪽으로 꺼지며 근처에 있던 로봇이 나를 발견했다.

도망치는 것밖에 할 수 없었다. 하지만 내 예상은 맞았다. 로봇과 벽은 유인책이었다. 혹은 안내자였다. 아주 긴 몇 분이 지나고 갑자기 벽이 전부 아래로 꺼졌다. 우리는 어느새 하얀 길의 가운데쯤에 와 있었다. 말소리가 들렸고, 1년 전으로부터의 내 기억이 맞다면, 그건 내가 이 세상에서 제일 잘 아는 목소리였다.

"엄마! 아빠!"

가장 그려왔던 순간이 눈앞에 있었다. 엄마와 아빠는 약 10m 정도 떨어진 거리에서 함께 정원을 거닐고 있었다. 부모님이 분명했다. 나는 그들을 향해 달리기 시작했다. 숨이 찼지만 상관없었다. 부모님이 나를 보기까지는 얼마 걸리지 않았다. 하지만….

"안 돼!"

엄마가 소리쳤다. 아빠가 온 힘을 끌어모아 소리쳤다.

"75! 더 이상 오지 말고 뒤로 돌아서 도망쳐!"

늦었다. 내 눈앞에 갑자기 문이 나타났다. 나는 멈추지 못하고 그대로 뛰어들어 차가운 바닥에서 굴렀다. 엄마와 아빠가 사라졌다. 그리고 이 방 안에는 나 말고 누군가가 있었다.

"시즌이 끝난 걸 축하한다. 물론 실패작이었다는 건 인정하지."

그 사람이 말했다. 나는 부딪힌 머리를 문질렀다. 정신이 들자 시야가 선명해졌다. 방 안은 넓었고 벽에 조작기가 붙어 있었으며 유리로 되어 있었다. R도 뒤늦게 들어섰지만 그 사람은 신경조차 쓰지 않았다.

"이건 엘리베이터야. 겉면에 투명 기능이 있기 때문에 아마 제대로 보지 못했겠지만."

그는 조작기에 달린 버튼을 눌렀다. 어딘가 섬뜩한 조작기에는 총 여섯 개의 버튼이 달려 있었다. 0, 1, 2, 3, 4, 5. 그 사람이 누른 것은 1층 버튼이었다. 문이 닫혔고 우리는 추락하기 시작했다.

나는 그 사람을 조금 더 자세히 살펴보았다. 완벽한 외모를 가졌지만 역시 완벽한 대칭의 주름을 가진 50대 남자였다. 말끔한 정장 차림의 그는 손을 내밀었다.

"자, 일어나. 중앙 엘리베이터는 조금 어지럽긴 하지만 익숙해지면 괜찮아진단다."

나는 그 손을 잡지 않고 일어섰다.

"부모님을 돌려주세요."

"물론 그럴 거야."

남자가 말했다. 나는 갈라진 목소리로 물었다.

"당신이 시스템의 창시자인가요?"

남자가 고개를 끄덕였다.

"그러면 어떻게 지금까지 살아 있죠? 돔이 생성되고 이미 여러 세대가 지났는데."

"1세계 사람들을 보지 못했나 보군. 유전자로 외모를 바꾸는 것은 어렵지 않아."

내가 대답하지 않자 남자는 어깨를 으쓱이며 말을 이었다.

"비록 계획되지 않은 경로로 빠져들기는 했지만, 너라는 캐릭터를 발굴했으니 완전히 실패는 아니야. 대신 다음 촬영 때는 대사나 행동을 일러주지."

"그게 무슨···."

"솔직히, 반-시스템단은 전혀 예상하지 못했어. 그 정도로 시스템에 반감을 가질 줄은."

남자가 재미있다는 듯이 말했다. 엘리베이터가 멈췄다. 아름다운 1세계의 밤이 나타났다. 저택마다 불이 켜져 있었고 전광판에는 여전히 '오늘의 날씨: 비'라고 적힌 화면이 띄워져 있었다.

"그때부터 문제였던 것 같구나."

남자의 말이 끝나자마자 전광판에 있던 글씨가 사라지더니 새로운 화면이 나타났다. 화면 속에서는 소녀가 소년과 함께 비행기를 타고 푸른 하늘을 날고 있었다. 소녀의 얼굴에는 한 가지로 정의할 수 없는 복잡한 표정이 서려 있었다. 그건···. 나였다. 소년은 시호였다. 우리가 마피아의 비행기를 타고 1세계로 올라오는 장면이었다. 비행기를 타고 하늘을 가로지르며 돔이 작다고 느낀 것이 아직도 생생했다.

"저기에 왜 내가 있죠?"

처음에는 머리가 하얗게 되어 아무것도 생각나지 않았다. 하지만 다음 순간 시즌이 끝난 것을 축하한다는 남자의 말이 스쳐 지나갔다. 헤베가 나를 보며 자신의 가족들이 우리를 좋아한다고 말한 것도, 1세계 사람들이 나를 지켜봤던 것도.

그 긴 시간 동안 나는 조롱거리였던 것이다. 내가 지금까지 이뤄 왔던 일들은 화면 속의 영상이 되어 1세계 전역으로 방송되고 있었다. 전광판 앞으로 우비를 입은 헤베가 타박타박 걸어 나오는 것이 보였다. 그 뒤로 헤베의 할아버지가 헤베의 어깨를 붙잡고 따라 나왔다. 둘은 전광판에 시선을 고정하고 있었다.

"넌 1세계에서 가장 인기 있는 사람 중 하나야. 부러울 정도지. 다들 너의 여정을 보고 감탄했어. 비슷한 방식으로 후속작도 만들 생각이었지만 그러기엔 네가 너무 막무가내여서 말이야."

남자가 한 번 얼굴을 쓸어내리자 건장한 몸집이 줄어들며 나로 변했다. 똑같은 소녀 두 명이 서로를 노려보고 있었다.

"놀란 표정이군."

그 목소리는 이제 나와 똑같았다. 나는 눈앞에 있는 나와 똑같은 소녀에게로 손을 뻗었다. R의 홀로그램 선을 만졌을 때처럼 피부가 일렁이며 파란빛이 돌았다. 내가, 아니 그 소녀가 입꼬리를 올렸다.

"물론 내가 영화를 마무리할 수도 있어."

부모님을 찾겠다는 목표만을 새기고 끝없이 달려온 그동안의 시간이 모두 부서져 버린 것 같았다. 나는 엘리베이터 안을 꽉 메울 정도로 소리치고 싶었지만 이상하게도 목소리가 잘 나오지 않았다.

"넌 영화일지 몰라도 내게는 현실이었어! 매번 절망하고 분노한 그 모든 감정들, 전부 합하면 어마어마할 거야. 사람들이 얼마나 죽었는지 알아? 사람들이…. 진짜 사람들이 죽었다고."

"죽기로 한 사람은 아무도 없어, 그중 누가 죽을지 몰랐을 뿐. 그건 그렇고, 편집자는 어디 갔지? 그 소년은 여러 가지 재능이 있지만 영화를 만드는 능력이 가장 뛰어났어. 영상을 편집하고 내게 보냈지."

소녀가 말했다. 나는 편집자가 시호를 가리킨다는 것을 알아차렸다. 시호는 시스템 창시자에게 충성을 바치고 있었던 것이다. 소녀가 어깨를 으쓱였다.

"시나리오도 엉망이 됐어. 실제로 널 도운 몇 사람들은 뜻밖이었지. 특히 돔 밖이 생존 가능한 환경이라는 결말을 낼 생각은 전혀 없었는데, 네가 반-시스템단을 만나고 나서부터는 아예 손을 쓸 수가 없었거든."

"아예 손을 쓸 수가 없었다?"

내가 자신의 말을 반복하자 소녀는 피식 웃었다. 장난을 친다고 생각하는 모양이었다.

"하지만 걱정 마. 그게 ZG-75라는 캐릭터의 매력이었으니까. 어때? 후속작을 만들 생각 있니?"

"그전에 하나만 말해줘."

나는 소녀의 대답을 기다리지 않고 이어서 말했다.

"왜 나의 삶에서 사람들은 재미를 느끼는 거야?"

"그거야말로 재미있는 질문인데."

소녀가 2층 버튼을 눌렀다. 엘리베이터가 다시 내려가기 시작했다.

"음, 돔을 처음 만들 때는 계급을 나눌 수밖에 없었어. 공장에서 일할 노동력이 필요했거든. 하지만 파괴된 기계들이 전부 복구되자 일부 사람들이 3세계인을 해방시키고 세계들을 통일하자는 운동을 펼쳤어. 그래서 난 회의를 열었고, 그 의견은 기각되었지."

풍경들이 빠르게 스쳐 지나가며 1세계가 사라졌다. 암흑이 몇 초간 유지되다가 2세계가 나타났다. 비교적 빽빽했지만 수많은 불빛들이 가득 차 있었다. 소녀는 말을 이었다.

"왜 기각됐냐고 묻는다면 할 말은 많아. 제각기 다른 이유가 있었으니까. 하지만 그 뒤에 숨겨진 진짜 이유는 따로 있어. 사람들은, 심지어 너 같은 아이마저도, 자신의 아래쪽을 보고 싶어 하거든."

소녀가 엘리베이터의 바깥쪽을 가리켰다.

"2세계는 1세계에 비하면 형편없어. 하지만 그들은 3세계가 있다는 사실로 위안을 얻으며 살아가지. 자신의 바닥이 누군가에게는 천장이라는 생각으로."

나는 의식하지 못하는 사이 주먹을 꽉 쥐었다. 처음부터 윗세계에 대한 이상이 없었다면 말려들지 않았을까. 나의 천장이 윗세계의 바닥이라는 생각을 하루에도 몇 번씩 되새기지 않았다면 아직 나는 3세계의 집에서 부모님과 함께였을까.

"처음에는 세계가 나누어진 걸로 충분했지만, 1세계 자손들은 시간이 지나며 그 사실을 망각했고 확인받고 싶어 했어. 나로서는 확인시켜 줄 의무가 있었지."

"그래서 내 부모님을 납치한 거야?"

고작 그게 내 삶을 망친 이유야? 내포되어 있는 의미를 알았는지 소녀가 고개를 끄덕였다.

"TM-12라는 중간책도 내가 손을 쓴 거야. 처음에는 그의 아들을 주인공으로 만들려 했지만 TM-12는 더 영리하고 적합한 소녀를 하나 안다고 말했어. ZG-75, 너는 완벽한 3세계인이야. 비참하고 더러운 상태지만 이제 달라질 수 있어. 대본을 읽는 배우로 평생 1세계에서 살게 해주지. 물론 네가 그토록 사랑하는 부모님과 같이."

나는 대답하지 않고 4층 버튼을 눌렀다. 엘리베이터가 흔들리기 시작했다. 소녀가 난간을 잡고 호기심 어린 표정으로 눈을 반짝였다.

"네 모험 중에서 제일 기억에 남는 게 4세계였나 보지?"

"난 그저 결정하려는 거야."

내 대답과 동시에 엘리베이터가 멈췄다. 고물 산은 보이지 않았지만 아스팔트 위에 쌓인 시체 무더기가 보였다. 하지만 황색 먼지가 없었다. 마피아가 먼지를 끄겠다는 약속을 지킨 것 같았다. 더러운 넝마 조각을 걸친 한 무리의 아이들이 쓰레기를 질질 끌며 지나갔다. 바로 앞을 지나갔는데도 아이들은 엘리베이터를 알아차리지 못했다.

소녀가 비웃듯이 말했다.

"3세계인도 4세계를 보면 우월감을 느끼는 모양이군."

"내 표정을 그렇게밖에 해석하지 못한다면 유감이야."

나는 차갑게 대구하고는 5층 버튼을 눌렀다. 소녀의 얼굴에 따분한 기색이 드러났다.

"모든 세계를 돌아볼 생각이야?"

"문제는 5세계야. 이곳에서 난 돔 밖이 생존 가능한 환경이라는 걸 알았어."

5세계에 도착했지만 눈앞에는 어둠밖이 보이지 않았다. 천장에 있는 둥그렇고 텅 빈 인공 태양만 식별할 수 있을 정도였다. 소녀가 천천히 말했다.

"미안하지만 그건 전부 연출된 장면이야. 아직까지도 우리는 돔 밖으로 나갈 방법을 찾지 못했거든."

"그래?"

내가 조용히 말했다.

"네가 방금 한 말에 따르면, 내가 반-시스템단을 만나고 나서부터는 아예 손을 쓸 수가 없었다며. 연출된 시나리오가 아니잖아. 마피아는 내가 직접 만난 사람이고 돔 밖이 생존 가능한 환경이라는 건 사실이야."

소녀의 얼굴이 무표정하게 변하더니 나를 주의 깊게 뜯어보았다. 하지만 소녀는 곧 우습다는 듯이 말했다.

"맞아, 사실이야. 하지만 돔을 나간다면 혼란이 일어날….."

"혼란이라는 건 분명 우월감을 잃는 거겠지?"

내가 말을 자르자 소녀가 신경질적으로 웃어젖혔다.

"그럴 수도. 결국 너는 내 제안을 받아들이지 않겠다는 거군."

"그래, 거절해. 지금껏 나와 함께 싸워온 모든 사람들을 대표해서."

내가 말했다. 소녀가 팔짱을 낀 채 나에게 다가왔다. 그리고 예고도 없이 주먹을 뻗었다.

"그렇다면 여기서 죽게 될 거야."

나는 옆으로 피하며 똑같이 주먹을 휘둘렀다. 퍽 소리가 나며 소녀의 얼굴로 명중했지만 더 이상 가격할 수 없었다. 소녀가 다시 얼굴을 쓸어내리자 키가 훅 커지며 아까 그 남자로 되돌아왔다. 남자는 힘이 엄청났기 때문에 맞붙어 싸우는 것은 거의 불가능한 일이었다.

"3세계 사람들이 전부 알게 된다면 시스템은 무너질 거야."

내가 소리쳤다. 남자가 주름의 완벽한 대칭을 일그러트리며 말했다.

"하지만 그들은 절대로 알 수 없지."

그때 내 주머니에서 공이 굴러 나왔다. 바닥에 떨어진 공은 달칵 소리를 내며 열렸고, 홀로그램 화면이 엘리베이터 안을 채웠다. 화면 안에는 시호가 있었는데 각도를 조정하는 중이었다. 시호의 옆으로 QB-370이 들어서는 게 보였다. 그 역시 나를 향해 환하게 웃고 있었다.

"75, 성공이야! 처음부터 실시간으로 영상을 연결했어."

화면은 곧 전환되어 3세계의 전광판을 비쳤다. 사람들이 그 아래에 가득 몰려 있는 것이 보였다. 3세계에 있는 모든 사람들이 모였다고 해도 믿을 만큼 엄청났다. 그럴 수밖에 없었다. 영상이 나오는 즉시 달려가서 감상하지 않으면 벌점이었고, 그곳에서 나는 소리는 너무 시끄러워서 보고 싶지 않아도 저절로 눈길이 갔으니까. 모두 시스템이 만든 규정이었다. 감시단도 주위에 있기는 했지만 사람들을 제압할 생각조차 못 했다. 다들 전광판 속의 화면을 올려다보고 있었다. 나와 시스템 창시자가 엘리베이터 위에 서 있는 화면을.

"무슨…."

남자가 말했다.

"무슨…."

그러자 몇 배는 더 웅장한 목소리가 홀로그램 속 3세계의 전광판에서 터져 나왔다. 그 소리는 나와 남자도 들을 수 있었다.

그제야 남자는 R의 존재를 깨달았다. R은 구석에 최대한 몸을 붙이고 우리 둘에게로 눈을 고정하고 있었다. 내가 말했다.

"R, 수고했어."

R은 고개를 살짝 숙였다. 홀로그램 화면 속에서는 여전히 웅성거리는 소리가 나고 있었다.

"나는 R과 시호를 설득했어. 그렇기 때문에 한발 앞서 대비할 수 있었지. R이 카메라라는 말을 들었을 때 놀라긴 했어. 하지만 동시에 많은 것이 설명됐지. 이를테면 TM-12가 옛 주인이었다거나, 늘 내 곁에 따라붙었다거나, 전원이 꺼졌을 때도 카메라 기능은 정상적으로 작동하고 있었다거나."

나는 R을 한 번 쳐다보고 바닥에 떨어져 있는 공을 집어 들었다. 공을 한 번 누르자 다시 닫혔고 통화가 끝났다.

"시호는 부모님의 공을 편집기로 사용했다고 말했어. 사실 부모님이 내게 연락을 주면 영화가 제대로 만들어지지 않을 테니 한참 전에 훔쳤겠지. 부모님의 공에는 R이 찍는 영상이 실시간으로 저장되고 있어. 만약 내 공으로 신호 전파를 보낼 수 있다면 3세계의 전광판에도 우리의 영상이 실시간으로 나올 수 있다는 생각이 들었어. 진행 상황을 서로에게 전하려면 공 두 개가 모두 필요했고. 해커와 기술자에게는 별로 어려운 일이 아니었지. 공기층세계의 수장이 된 마멜이 시호를 3세계로 데려다주었고, 3세계에 있는 내 친구가 시호를 도와줬을 거야."

나는 남자를 지나쳐서 엘리베이터의 조작기 쪽으로 다가갔다. 그리고 0층 버튼을 눌렀다.

"원래 높아질수록 숫자도 커져야 하는 거 아닌가? 네 생각은 어때?"

엘리베이터가 빠른 속도로 올라가기 시작했다. 남자는 내 머리를 후려치고 바닥에 쓰러진 나를 다시 일으켜 세웠다. 머리가 아팠지만 내가 할 일은 끝났다. 나는 고개를 똑바로 들고 말했다.

"이제 혁명이 일어날 거야. 3세계의 모두가 알게 되었으니까."

"무슨 의미야? 어차피 넌 죽을 텐데."

남자가 내 목을 조르기 시작했다. 숨이 막혔다. 죽음에 대한 공포. 손에 쥐고 있던 공이 떨어져서 바닥으로 굴러갔다. 나를 도와줄 사람은 아무도 없었다. 하지만 상관없었다. 나는 내 목표를 이뤘으니까.

그때였다. 탁 하는 소리가 들리더니 남자의 손이 느슨해졌다. 나는 그 틈을 타서 남자를 밀치고 반대편으로 피했다. 남자의 머리를 가격한 것은 R이었다. 물론 시스템 창시자는 그런 정도로 쓰러지지 않았다. 그는 타깃을 바꿔 R에게 달려들었다.

R도 남자의 상대가 되지 못했다. 남자는 R의 전선을 뽑아버릴 기세였다. 그 순간 엘리베이터가 멈췄고, 0세계로의 문이 열렸다.

"주인님, 가요!"

R이 마지막 힘으로 나를 밀쳤다. 내가 엘리베이터 밖으로 튕겨 나가자 R은 바닥에 있는 공을 집어 들었다.

"0세계에는 수백 대의 RF-002가 있지만 전부 이자의 뇌파로 명령을 받기 때문에 위협이 되지 않을 거예요."

"R! 뭐 하려는 거야?"

R은 공을 흔들어 보이고 재빨리 닫힘 버튼을 눌렀다. 유리문이 닫혔고 투명 기능 때문에 더 이상 그들이 보이지 않았다. 대체 무슨 뜻일까? 공으로 할 수 있는 건 연락밖에 없는데…. 그 순간 귀가 먹먹할 만큼 큰 폭발음이 들렸다. 나는 부모님이 이곳에 있다는 게 떠오르자 두려움에 사로잡혀 주위를 둘러보았다. 다행히도 엄마, 아빠가 멀리에서 달려오는 것이 보였다. 하지만 난 달릴 수 없었다. 내 앞에 널린 잔해들 때문이었다. 아까는 잔해가 없었는데….

잔해가 되기 위해서는 온전한 물체가 파괴되어야 한다는 사실이 문득 생각났다.

나는 옆으로 고개를 돌렸다. 엘리베이터가 완전히 산산조각 나 있었다. 중간에 떨어진 3층 버튼 말고는 원래의 형태를 유지하는 것이 단 하나도 없었다. 작게 조각난 잔해들이 전기가 통하느라 번쩍이고 있을 뿐이었다.

누군가가 나를 끌어안았다. 내가 기억하는 가장 따듯한 품이었다. 어렸을 때부터 남김없이 따듯함을 나눠주었던 사람이 둘이나 있다는 것은 뭐라 말하기 힘든 축복이다. 뒤이어 다른 사람도 나를 끌어안았다. 부모님이 나를 보며 뭐라고 말했지만 소리가 들리지 않았다. 완벽한 고요 속에서 이번에는 내가 그들을 끌어안았다. 양손으로 한 명씩 끌어안고 세 번째 팔이 없어서 R을 못 끌어안는 것을 슬퍼했다. 하지만 그런 생각을 하기 한참 전에 떠오른 말이 있었다. 반-시스템단의 단원이었던 다라가 내 공을 보며 한 말이었다.

"그건 폭탄이야, 비록 일회용이지만."

R이 시스템 창시자와 함께 엘리베이터 안에서 폭탄을 터트린 걸까? 그럴 리 없었다. R은 자신의 생각대로 움직이는 감정형 로봇이지, 무조건적으로 복종하는 로봇이 아니었다. 게다가 나는 폭탄을 터트리라는 명령도 내리지 않았다. 아니라는 걸 아는데 눈에서 눈물이 흘러나오고 있었다. 머리가 아프고 몸이 떨렸다. 어깨를 들썩이는 나를 부모님은 약속이라도 한 듯이 더 꽉 끌어안았다.

16.
미래

눈앞에 파릇한 새싹이 올라와 있는 갈색 땅이 보였다. 대지의 끝이 푸른 하늘과 맞닿아 있었다. 지프차가 덜컹거리는 소리에 나는 무릎에 놓여 있던 책을 내려놓았다. 제2파견단이었다.

"이번 파견단이 나가고 돔 안의 인구가 반으로 줄었대."

고개를 돌리지 않아도 목소리의 주인이 누구인지 알 수 있었다. 시호였다. 나는 햇빛 때문에 부신 눈을 찡그리며 말했다.

"다들 푸른 하늘이 보고 싶었나 보네."

"너 덕분이야, 75. 제1파견단이 일궈낸 모든 것들이 세계 해체의 주축이 됐어."

나는 미소를 지었다. 당연한 말이지만, 우리가 실시간으로 3세계에 영상을 재생한 후 즉시 여섯 개의 세계가 해체된 건 아니었다. 하지만 시스템에 반항하는 폭동이 끊임없이 일어났고 창시자를 잃은 시스템은 흔들릴 수밖에 없었다. 나는 0세계에서 부모님과 함께 세계들의 문을 열었지만 모두가 환영하지는 않았다.

특히 4세계를 불신하는 사람들이 많았다. 그런 범죄자가 판치는 곳이라면 돔 밖이라도 갈 수 없다는 거였다. 하지만 4세계에는 진짜 범죄자보다는 이유도 모른 채 고통받고 있는 자들이 훨씬 더 많았다. 이 문제는 빅과 매튜, 유리가 해결했다. 4세계를 변화시키겠다는 명목으로 법도 만들고 교육도 시킨 것이다. 그 후 돔 안의 지하에는 마피아를 비롯한 몇몇 사람들밖에 남지 않았다.

마피아 이야기가 나와서 말인데 나는 창시자가 죽은 후 그녀를 딱 한 번 봤다. 나보고 맹랑하다고 말하기는 했지만 그다지 차가운 태도는 아니었다. 그리고 마피아의 아들은 제1파견 때 우리를 몰래 쫓아왔다. 사이보그가 가진 그 강한 힘은 이제 폭력이 아니라 농사에 쓰인다.

마멜은 여전히 큰 힘이 되고 있다. 지면과 연결된 3세계에서는 바로 걸어나갈 수 있지만 다른 세계들은 아니었다. 공기층세계의 비행선들은 그런 문제를 깨끗이 해결할 수 있었다. 누구든 원하기만 하면 밖으로 나갈 수 있지만 1세계 사람들과 2세계의 일부는 아직도 돔 안에 틀어박혀 있다. 그들이 공장에 기계를 도입하든 스스로 일을 하든 상관없지만 계속 돔을 고집한다면 영원히 지금의 내가, 그리고 돔 밖의 사람들이 아는 것을 알지 못할 것이다.

"QB-370!"

내가 일어나기도 전에 시호가 소리쳤다. QB-370은 첫 번째로 달리고 있는 지프차에서 고개를 내밀고 손을 흔들었다. 제2파견단이 될 거라는 편지는 받았지만 그동안 잊고 있었던 그리움이 왈칵 밀려왔다. 나는 뒤를 돌아보았다. 부모님이 통나무집 앞에 서서 나에게 가보라고 손짓했다. 차들이 천천히 멈추고 사람들이 내리기 시작했다.

나는 시호를 한 번 쳐다보고 누가 먼저랄 것 없이 달리기 시작했다. 달릴수록 몸이 가벼워졌다. 이러다 하늘로 떠오르는 게 아닐까? 비슷하게 달렸을 때가 있었다. 도저히 닿을 수 없을 것 같은 태양을 향해 언제나 나를 위했던 친구와 함께 달렸을 때.

하지만 다른 것이 있었다. 이제는 닿지 못할 지점 같은 것은 없었다. 모두가 지면이라는 똑같은 층에 서 있었으니까.